葭の渚
石牟礼道子自伝
石牟礼道子はいかにして石牟礼道子になったか？
無限の生命を生む美しい不知火海と心優しい人々に育まれた幼年期から、農村の崩壊と近代化を目の当たりにする中で、高群逸枝と出会い、水俣病を世界史的事件ととらえ『苦海浄土』を執筆するころまでの記憶をたどる。
失われゆくものを見つめながら「近代とは何か」を描き出す白眉の自伝！
四六上製 400頁
ISBN : 978-4894349407
2014年01月刊
定価：本体 2,200円＋税
株式会社 藤原書店
〒162-0041
東京都新宿区早稲田鶴巻町 523
Tel. 03-5272-
Fax. 03-5272-
info@fujiwara-
co. jp

闇の中に
草の小径が見える。
その小径の
向こうのほうに
花が一輪見えている。

石牟礼道子

花の億土へ

最後のメッセージ——絶望の先の「希望」

東日本大震災を挟む足かけ二年にわたり石牟礼道子が語り下ろした、解体と創成の時代への渾身のメッセージ。

映画『花の億土へ』収録時の全テキストを再構成・編集した決定版。

B6 変型上製 240 頁
ISBN : 978-4894349605
2014 年 03 月刊
定価 : 本体 1,600 円＋税
株式会社 藤原書店
〒 162-0041
東京都新宿区早稲田鶴巻町 523
Tel. 03-5272-0301
Fax. 03-5272-0450
info@fujiwara-shoten. co. jp

石牟礼道子

花の億土へ

藤原書店

花の億土へ　目次

天の病む

Ⅰ

Ⅱ

Ⅲ

Ⅳ

毒死列島

I

II

花あかり

II

花の億土へ

道子

天の病む

（二〇一〇年十二月十七日）

I

ダムの底に沈んだ村

ダムの底に沈む村というのは、ずっと前から気になっていました。『苦海浄土』を約四十年近くかかって書いていたんですけれども、そのあいだに、生命の原点という、人類じゃなくて生類の生まれてきたところを考えておりまして、川の源流とか、海の深海とか、それから「天」というのをやたらに過去の作品に使っているんです。一番最初の俳句集も『天』という題でした。それから『苦海浄土』

の第三部にあたるのは、『天の魚《いお》』という書名をつけました。天というのがとても気にかかるんです。

それと、新しい詩で、「天《あま》が下の　大静寂」ということで、「しゃれこうべ」と死人とモグラの世界を書きました。生類たちが死に絶えて、次の世があるのかどうか、次の世が来るかどうか、というのもテーマでした。生類たちが甦ることができるだろうか、とつねに考えていました。その最初の生命は、川の源流から生まれたりしただろうと思っていまして。川の源流にある、ほとんどの人工的なダムというのは、文明のあり方の祖型としてあります。文明も川の源流の湖のような、ダムみたいなところから生まれるわけです。人間と文明、生類と文明ということも考えます。水俣のことに関わりながら、川の源流、生命の源流というのがいつも気になっていました。

それから樹木、大きな木を訪ねてまわったことがあります。水俣を書きながら、そういうことをしないと生きていかれないような感じがありました。生命のはじまるところ、生命たちが脈打ちはじめるところはどうなっているか、行って確かめたい。最初の呼吸を生類たちがはじめるところから、その呼吸と自分の呼吸を合わせていないと身がもたない、という気がしていました。

熊本県の人吉のほうにダムが造られて、そのダムに沈んだ村というのを目撃しておりました。日本三大激流のうちの一つが熊本県にあって、球磨《くま》川という名がついています。その源流を見たいと思って、その地方にいた物書きさんの友人に連れていってもらいましたら、ちょうどダム問題が起きていました。もう二つの村ぐらいはダムの底に沈められていて。そこの人たちはどこへ行ったんだろうと思っていました。

まだ沈んだばかりの山の迫《さこ》（谷の行きづまり）に村があったとみえて、その水の底に山の斜面が見えている。杉の木なんかが立っています。水の底に小学校もあって、その校庭なんかも上から見えるんです。村の田んぼの小道も見えるんです。それで大変ショックを受けました。水がはじまるところから原初の村がはじまったでしょう。だから、一挙には想像できないような村の歴史があって、それが、電気が来るというので、水の底に沈んでいるんです。

残夢童女

これが干上がったらどうなるかなと思っておりましたら、ものすごい猛暑の年があって、雨が降らなくて、本当にその村が出てきたんです。本当は想像で小説を書こうと思っていたんです。湖底の村が現れたらどういうことになるかな、と思っていましたら、現実のほうが本当に先に来た。その村が出てきているという噂を聞いて、行ってみたんです。

そうしましたら、村の人たちの代々のお墓が出てきました。そのお墓の一つに蓮の花が一輪、非常に簡単な線描きで刻まれていて、「残夢童女」と。残りの夢の中にいる女の子という意味です。よくつけたなと思いまして。赤ちゃんだったのか、三つになるやならずやの女の子の墓に違いないんです。それで村の人たちはこんなふうにして命をいとおしんだ。水の底に沈められて、その残夢も水の底に沈んでしまったんだなと思いました。

村のしるしの大銀杏《いちょう》があったと村の人たちから聞いていました。その大銀杏は、荷造りをする茶色の紙の箱のようになっていました。村が、いつできたかわかりませんけれど、こんなふうにして終わる村があるんだ、と思いました。桜の木もありました。それがダムの澱《おり》をかぶって、なんともいえない荒涼とした景色がそこにありました。文明の力で、お蔭で電気が点くようになったんでしょうけれども、文明と引き換えに何か無残なことが行われた。その無残なことと引き換えに、文明はやってきたんだなと思いました。水俣病と通底するところがあるんです。

また、大きな木を探して歩きました。樹木たちは人間の歴史を見てきているんです。一枝一枝、一枚の葉っぱ葉っぱが。日本国中に大きな木はありますけれども、歴史の証人としての、証言者としての、そういう樹木たちを訪ねて歩いて、声なき声をきこうと思いました。瀬戸内海の祝島《いわいしま》というところまで木を訪ねて行きました。

私自身も歴史を見る目を少し養いたいと思って、『天湖』を書いたんです。

その村出身の、水底に沈んだ旧家の男が東京に出て、その孫が作曲家を志していたけど、帰って来るんです。おじいちゃんは、俺の骨は東京には埋めるな、出てきた故郷の湖に骨を撒いてくれって、孫の作曲家志望の男の子に頼むんです。その彼には、柾彦《まさひこ》という名前をつけました。柾彦は村に帰ってきて、骨を撒こうとするんです。ここが自分の出生地なのかと思って。芸術家ですからお祖父さんの気持ちもよくわかる。その村にたどり着いてみたら、二人の、親子の、巫女さんみたいな歌をうたって歩く女性がその村の住人として残っていて、その女性と柾彦が会う場面もつくりだして、それで村の魂に触れたような気が、柾彦はするんです。その村の名前は「天底村《あまぞこ》」とつけました。それで自分のことはあまり言わずに、村のことを訊こうとすると、歌でその親子が答えてくれるという場面をつくりました。

天に向かって立つ

それから、私は「天」という字が大変好きです。作品の中でちょっとつけすぎじゃないかと思うぐらい、「天」という字を使わせてもらいました。

祈るべき天とおもえど天の病む

という俳句も昔つくりました。祈るべき、人間の手の届かないところに天はあるわけですけれども、いまふうにいえば宇宙でしょうけれど……。漢字学の大家の白川静先生がおっしゃっていますけれども、太古の人たちにとって、漢字の成り立ちの時は、祈りを捧げて、それを入れる箱があって、その箱に蓋をした。お祈りするとか、呪うとか、恨みを抱くこともあっただろうから、祈る気持ちをその箱の中に閉じ込めて言葉がはじまったと。言葉も文字も、呪的なものからはじまったという説です。

祈りの一番最初の形は、それをイメージしてできた。そこからいろんな思いが立ちあがってくるっていう説で、私は大変納得できるんです。祈る形というのは、やはり天に向かって私たちはいたします。土に祈るというのは最初は出てこない。何も見えない、見えないけれども私たちを大きく包んでいる、青い空に向かって祈る。どこにも中心を定めない。天に向かった時、中心は自分なんです。そういう祈りをするときの中心点の、その果てが天だと思っております。原初の人たちはどんなに思っていたのか。

言葉がまだちゃんとできない時代、孤独な時間と、そうでない、満たされた時間とをもっていたんだろうと思います。きょうはいい日だなと思う日もあっただろうと思います。あるいは荒れている時とか、言葉が生まれない前に、祈りの原型のような気持ちになったことがあるだろうと思います。両手を、最初から合わせたかどうかわかりませんけれども、自分が天に向かって柱のように立ってる時は、想念が、考えごとが散らばらないようにまとめて、一カ所に立てたい気持ちがあったろうと思います。自分がちゃんと立つことができたかどうか。あらゆる想念が渦巻いていたでしょうから。「天」というのはとても美しい字だと思うんです。空に向かって人が立っている。二本、短いのを書き、人という字を書きます。人という字は二本足で立っている文字でしょうか。白川先生の本を折にふれて見ているんですけれども。

地上に立っている自分が、天から何か降りてくるものを受ける。地獄に向かって蜘蛛の糸を垂らすという芥川龍之介の話もありますけれども、つながりの糸が人間を立たせていると思うんです。そして二本の足で踏ん張ってちゃんと立っていると感じたときは、人は心が大変安定している時間じゃなかろうかと思います。私はいまでもそんなふうなときがあります。

天の底にある村、天底村というのは、天の真下にあるというか真底にある村です。人があるべくしてそこに立っておられる、安定した、何か美的な願望もその柱に託して、美の基準というか徳の基準というのか、人間の願望が一つの基準となって確かにあるところ。それで天底村というのを考えました。

美学にしなければ身がもたぬ

歴史とは何か。それは弱者と強者がいて、その時どきの強かったほうが支配していく。叙事詩的に語られて残されてきていますけれども、そこには限りない人間の生活とか欲望とかがあるんです。日本でも戦国時代の武将たちはさかんに人を殺したりして、自分たちの覇権を手にして、それが交替していく歴史です。その人たちは権力を獲得していくたびに、自分たちの血なまぐさい歴史を美学にしようとするんです。そして、権力者になると、さかんに時の皇室や地位のある公家なんかと縁を結びたがったりします。とくに藤原時代からそれが顕著になります。それで身にまとうものも、頭に戴くものも、大変きらびやかで、シックに、洗練されていくのを望むんです。一方で人を虐殺しながら。

今日に伝わっている大衆芸能の興りを考えてみると、五、六百年前の時代には、表現者が出てきて、お能とか狂言とか、猿楽とかいう名前で残っております。世阿弥なんか、猿楽といわれた時代から、一座を連れて、貴族たちの仲間入りをしたがって、そういう書いたものが残っております。美学にしなければ、身がもたなかったんだろうと思います。そして世阿弥のような人が出てきて、時代を芸術化するという働きもしております。五、六百年前の人たちは、美にたいする渇望が片方にあって、しかし美的な生活をおくるためには権力がなければいけないと思っていたんです。

風俗史を考えなければいけない。その時代の風俗、それから、奏でるという意味での音曲です。演奏する人は大変上手な人たちが出てきて、それを好む大衆がいて、舞台化したり、めぐり歩く旅芸人みたいな人たちが出てきたりしている。それを時の権力者が庇護したりして、その力が大きいほど尊敬されるということが出てまいりました。

それで豊臣秀吉が立派な冠を着けて、あの人の顔には似合わないような公家さんの衣装を着たりした肖像画を描かせています。権力を手にすると名前も立派な名前をつけていくんです。織田信長とか豊臣秀吉、徳川家康はそれぞれ性格は違うけれども典型的です。着ける服装も立派になってきて、あんなのを見てるとかわいらしいもんだなと思いますけれども、あの勢力に滅ぼされたらたまったもんじゃないです。滅ぼされた人たちもたくさんいるわけです。人間は放っておいても、昨日、人殺しをしてきた手で琵琶を奏でたりするんです。そういう人間の多面性みたいなものを、もっと時間的なゆとりがあれば書いてみたかったですけれども。

天上へのあこがれ

何か人間は天上を仰いであこがれるところがあるようです。それで最近、「わたくしさまのしゃれこうべ」という題で、モグラのことを詩に書きました。人間だけでなくて生き物も、何か天上に向かってあこがれるという素質をもっているんじゃないか。ダムの村をはじめとして、そういう人間の願望をずっと描いてきたんです。現《うつつ》の世界にいるんだけれども、魂は越境してどこかへ行きたい。体は越境できないから魂だけが抜け出して行く人のことを、「高漂浪《たかざれき》のくせがひっつく」と水俣では申します。そういう人もだいぶおりまして、ふつうは、頭の病にかかったとかいう。現代では心療内科というようなお医者さまがいらっしゃって、魂を引き戻す治療をしておられますけれども。私はしばしば魂がどっかへ行ってしまって、行方不明になって、現《うつつ》の体はお婆さんで残っている。そう思っておりまして。

そういう傾向は人間だけじゃなくてあると思います。だいたい猫は膝の上では死なないって。猫の極楽があると人間は思うんです。それで私どもの地方では、猫がいなくなると、どこか人に見られないようにひっそりと死にに行くって。死ぬ前にどっかへ行くのを「猫岳に登る」といいます。生類《しょうるい》たちはそういう傾向がある。

魂をつなぎ止める守り神

私のどの作品にもそういうものがある。彷徨うことを「されく」というんです。どこを歩いているのか、まったく本人はわからない。サラリーマンになって、立派な生活者になりたいと思って田舎から出ていく人もいる。だけど、どこへ行くのか自分でもわからないで出ていって、生涯、どこで暮らしたのかわからないという、そういう人種もいるんです。だから私はそっちのほうだろうと思って。ここも仮の宿です。

私の作品――というのも恥ずかしいけれども――に、いささか高漂浪の痕跡は残している。小さい時から乞食さんにあこがれていました。それができなかったので、作品で『おえん遊行』とか描いているんです。

『おえん遊行』のもとの作品が『にゃあま』です。

「にゃあま」を抱いているのがおえんです。何か見えないものといつも対話をしている。よそへ出ていってしまう魂をつなぎ止めるために。魂そのものじゃないけれども、何か未熟なものを守り神さまのように抱いている。そっちのほうが、その人間の本当の魂かもしれない。それをよそにやらないで、行かせないで懐に入れている。何か見えないものです。守り神でもあるし、何か頼りないけれども、一番頼りないものを懐に入れている。それと対話をしながらでないと、一人ではいられない。そんなものです。

それで、にゃあまって名前も、猫の声にも似てるし、私は書いているうちに、にゃあまがたいそう好きになりまして、にゃあまに聞かなくては動けない。ばかばかしいことになるほどに、にゃあまと話しながら行かなくちゃ、と。もう一人の自分でもあります。おえんというのは、じつに頼りない、何か効率のよい考え方と全然違う、非効率的なものを抱いているんです。

おえんは私だったりするんです。何かをするについて効率なんて全然考えられない。それで社会人として一人前に生きていけないなという気がしています。本当の姿はおえんだと思っていて、とても不便でございます。そういう意味では生きていくのにいつも困っています。だけど、貧乏をしているのは平気です。口実を考えなくていいから。貧乏に甘んじていればいいわけですから。社会生活を営む人間としては、本当にちょっと問題だと思います。その世界をおえんに託して書きました。

ともかく、『おえん遊行』で竜王島は最後には燃えてしまいます。

それを燃やしてしまいたい、というのがある。最近書きかけている詩があり、「発火」という題で、大混乱のうちに、火がついて燃え上がる。自分も濁っていくし、この世も濁っていくし。「わたくしさまのしゃれこうべ」にもそれは少し出てくるけれども、生きているのが息苦しくてたまらんなというのがあります。何か夢物語のように魂が行方不明になって、幸せなところへ行き着けばよろしいけれど。
どこへ行っても、次の行方不明が待っている。

II

はびらいになって抜け出す魂

私はパーキンソン病になっております。周りの人たちは、私がころびやすくなっているのに気づいていたそうです。ここの主治医の女の先生も、そのことを二、三日前におっしゃいました。もとから気づいていたって。着地感がなくて、それから手で触っても、手と物とのあいだに何か離れている感じがある。一人だけで何かやって、接触する人に言ったりしたりすることがみな届いてない。歩いていても足の裏は雲の上を行くような感じでして、きょうは倒れるか、明日は倒れるかって予感がありました。

地元の『熊本日日新聞』に連載を書いていましたので、その原稿を書き上げたのですが、案の定ペンの先が着地しない感じでした。それでもなんとか書き上げて、この玄関でお渡しして、ごあいさつして、ここへ戻ろうとして振り向きました。とたんにころんだんです。その時は雲の隙間から、雲の柔らかく薄くなっているところへ足を突っ込んだような、それで逆さになって落ちた。むろん逆さになっては落ちなかったそうです。逆さにはなりようがないですからね。実際は自分の百五十センチあるかないかの身長分だけ倒れたわけです。でも私の感じでは、雲のあいだから千尋の谷へ落ちていくような感じでした。

足が上のほうを向いて、頭が下になっています。その時、足のくるぶしと脛のあいだぐらいのところから、ひらひらひらひらひらって、鳥のような蝶のような、よくよく考えてみますと、あれは蝶です。沖縄あたりで、魂のことを「真振《まぶ》り」と、蝶のことを「はびる」とか「はびら」とかいいますけれども、その生き真振りが、生きた魂がはびらになって、抜け出していったんです。

あとで考えますと、魂が抜け出していったので、抜け殻の私は、千尋の谷へ行って、魂はあやういところで……。あやういところという切迫した感じじゃなくて、自然と魂たちがその時期を知っていて、蝶のようなものになって抜け出していったんだって思っていまして。着地した瞬間は、痛みは全然憶えてないけれども、起き上がろうと思ったのは憶えているんです。それで、ああこういう時、起き上がるには腕立て伏せをしなきゃいけないと思いました。腕立て伏せは、できなかったので、ああ、腕立て伏せなんかで起き上がれる程度のことじゃないんだなと、諦めて安心して気絶した。

幻楽始終奏団との対話

そして、次に二か月か三か月ぐらいかたったあいだに目が覚めたんです。その時から、なんとも美しい音楽が聞こえました。自分では幻楽始終奏団って名前をつけていました。なんか夢の覚めぎわとか、寝入りがけとか、日中いろいろものを考えている時に、伴奏音楽みたいにして、弦楽器の音が聞こえるんです。遠くだったり近くだったり。すぐ後ろでやっているみたいだったり。何かその幻楽始終奏団と私とのあいだには、定期的に、お互いにここにおりますよという感じで、ずっと対話があるんです。

そのあいだに「渚」という詩ができたり。私の意識の中では、この額の生えぎわあたりが、葦の生えている渚になっていまして。そしてその渚から小さな魚たちとか、巻貝たちとか。私の知っている渚は川口ですので、大きく曲がって海岸のほうへ行く。海の潮を吸っている植物たちが生えている渚です。

そういう陸と海と川の流れが交差する、清水と濃い潮の水も交差する、行くものと来るものとが出会いながら、自分の世界へ戻っていくという、そういう形です。生命たちのいままでの歴史は単独ではありえず、お互いに混ざり合って形成している。天からは雨が降って川の水になって流れてくるし、海の水は、海に棲んでいるものたちを引きつれて、渚で行ったり来たりするというような、そういう感じのことを幻楽始終奏団が奏でる。

もう一つ背景として、海の風が太古の山やまの梢を渡る。風が吹くと、蝶になっていた私は、次には千古の森の中の、海に近い枝の上にとまっているんです。そこもアコウの木が出てくる。アコウの木というのは渚に生える木です。海の潮を吸っている。気根といって、枝の先から根が出ている。海辺に、渚の潮の中に生えて、巨木になっている木がたくさん天草のほうにあるんですけれども、その枝が海のほうへ向かって出ています。その枝の先から、潮の中に向かって根が伸びているんです。

そうすると、渚にいる巻貝たちがその根を伝って、ずっと枝の上に並んでいるんです。蝶がそこの仲間入りをして。蝶って私の魂でしょうけれども、巻貝たちの仲間入りをしてとまって、沖のほうを見ているんです。潮が引いていると、木の上に登って、海の貝たちがそんな風にしている。海辺の人たちはよくそれを取って、身を抜いて、おかずに油ミソで炒めたりしてます。さまざまな巻貝たちが木に登って遊んでいまして。そして下のほうには葦が生えています。

ハゼ科の小魚たちが葦たちの葉っぱの上に登って、風が吹くとゆらゆらと遊んでいます。ハゼというのは、目が大きいから、夕方になると夕日のほうを向いて、虹色に、大きな目が光ってます。そして飛び上がる努力をするんです。巻貝たちはそろそろそろそろ、舌のようなので登っていきますけれども、ハゼという小魚は遊びのようにして、潮の引いた砂地から葉っぱに飛び上がるんです。小さい時、よく見ていました。そして乗り損ねてポンと落ちたりするのを見てると、がんばれ、がんばれっていう気持ちで遊んでおりました。そして潮が満ちてくると、ドボンドボンドボンと落ちて、木の枝とか葉っぱの上から落ちていって、また海の中で遊ぶんでしょうけれども。

いまでも渚は原初の生き物がそんなふうにして生きております。葦やアコウの木があるところでは、まだ太古の姿そのままで、そういう生き物たちが生きております。そこへ私は墜落してから、蝶々になって飛んで行ったんです。

「生命たちの原初」の交響楽

もう一つ、幻楽始終奏団とは別に、海風がゴーッと吹いてくると、全山の梢の木の葉たちが一斉に揺れる。それは存在の原初を奏でているというか、海風が千古の森を演奏している。私の意識が考える題で「生命たちの原初」という、大きな大きな交響楽が演奏されている。幻楽始終奏団はもっと身近な感じで、ところどころに「ソーラン節」とか日本の民謡なんかもひょいと混ざってきたりして、なんとも幸せで、ハッと目覚めたり、発想の転換をしたりするんですけれども、いろんな発見がございますし、それは楽しい。ここには元祖細胞という、一番最初の細胞たちの親が棲んでるに違いないと思うんです。

元祖細胞という言葉を知ったのは、多田富雄先生のご本の中でした。悪しき文明が細胞単位で生命たちを滅ぼしていくというのも、たしかに進行しているけれども、この森にはまだ元祖細胞が生き残っていると思って、それで人類に未来はあるかと。未来はあるかどうかはわからないけれども、希望ならばあるなと思いました。それでここに来てよかったなと思いまして。

そんな丸々二か月で、あとまだらに時どき記憶がなくなりますけれども、外から見舞いに来てくださった方がたは、私が大変努力して、立派にお相手をしていたんだそうです。だけど、それを全然思い出せない。その音楽と自分がそこで考えたことは思い出せる。不思議な体験でしたけれども、いまそれがどっかへ行っちゃって、すこし正常になってきている。よかったなと思って。これは不思議な、一生にそう何度もない体験です。

元祖細胞のところまでいったんですから、甦りがくるかもと思っているんです。だけど、今度倒れたら、本当にあっちへ行ってしまうかもしれないなと思います。

楽器そのものは単純なように思いました。弦の数は少ないけれども、じつに複雑な音を出す。美しい、音符でいえば低めの音でした。だけど高音が非常に効果的に入る。私が採譜することができればいいなと思って、これを再現して、皆さんといっしょに聞きたいと思ったんです。録音機があればいいのにと思いました。音による浄福、音を聞いたことによる浄福を、自分の一生分も二生分も、もっと人間の一生がたどる歴史の中で、一番いい、美しい音を聞いたなと。それで迦《か》陵頻伽《りょうびんが》というのを思い出しました。極楽の鳥で、この世では聞けないような美しい声をもった、上半身は仏様で下半身は鳥という、仏教上の鳥です。あの字は中国からきたんでしょうか。

聞いたことのない音でした。しかし、なつかしい。聞いて部分的に憶えているのかもしれませんね。理想の音楽というか。それは具体的にこんな音楽を聞きたいなとか、全然思わないのに鳴っているんです。本当に癒されました。いまの私という人間が感受してきたことですけれども、もっと遡って、何代分も私の家系、あるいはよそ様の家系も含めて癒される。

次の世紀のための原野

「わたくしさまの　しゃれこうべ」なんて言葉が入院中に出てきたんです。私が崖の下に落ちて野ざらしになっていた。「これはなつかしい／わたくしさまの／しゃれこうべ」という歌いだしで詩ができたんです。

人が一生を生きていくには、どういう人にだって、苦悩がつきまとっています。それぞれ背負っているご先祖たちがあって、いまの私があるわけです。それを私たちは血を受けるとかいういい方をしますけれども、そのつらかったことが全部溶けさるように、癒されているような感じがいたしました。自分一人だけじゃなくて、ご先祖たち、あるいは人間じゃない時代もあったかもしれませんけれども、この私というものを生んでくれた先祖たちの苦悩が、全部少しずつ溶けさっていくような、深い深い慰謝をおぼえました。いま自分にご苦労様っていいたくて、そういうことを考えていましたら、「わたくしさまの　しゃれこうべ」という言葉が出てきたんです。ここに帰って来る前に、託麻台リハビリ病院というところにおりました時に。自分に「さま」ってつけて、「わたくしさま」なんていったのははじめてです。人間をはじめ生命たちが、滅びてしまった世の中。しゃれこうべの二つの眼《まなこ》の「穴ぼこ」って書いたんですけれども、その穴ぼこを通して生き死にを眺めておりますと、どういう世の中だったかというのをざっと書いておりまして。物霊となった人間を害するものたちが、ぶつかりあう音がこの空には満ちていて。花も咲いている匂いがしますけれども、その匂いは空気がぎざぎざになっていて。いまの世の中というのは百年ぐらい前から、空をみると、ぎざぎざの空がみえる。それに刻まれて花が匂うという世の中だなと思いまして、そんなふうに書きました。

自分に「さま」をつけて、私は何だろうと思いましたけれども、もうしゃれこうべになっているから、さぞさぞご苦労でありましたねという意味で、そういう言葉が出てきました。

それで、その二つの眼の穴ぼこから眺めた向こうには、人間が生まれる前からいて、人間たちが死んだ後も生き残るであろう、土の中のモグラたちが一生懸命、土を耕している。モグラとか、オケラとか、お日様にいままであたらなかった生き物たちが、地下で一生懸命働いてくれている。水俣では、ミミズにも愛称をつけて「めめんちょろ」っていいます。モグラも目が退化しているそうですけれども、オケラはよくわからないけれども、ミミズなんかは、目もない、手もない、足もない、そういうものたちが、人間たちの文明が滅びた後、ずっと原野をつくってくれている。そこでまだ人は住んでいないですけれども、次の世紀のための原野を、そういうものたちがつくってくれている。理屈でいえば、食べ物を探して、たとえばモグラは、めめんちょろを食べるために掘っているかもしれませんけれども。ただ、生命たちというのは、私いつも何かにあこがれているんじゃないかって思ってました。

それでモグラにも、オケラにも、めめんちょろたちにも、何か見えないまなうらに花のようなのが見えていて、それから私が聞いている幻楽始終奏団のような、何かこの世を超えた、そういう至福の世界にあこがれて生きているんじゃないかと思えてきた。そしてそういう世界を見て、極楽の鳥だといわれている迦陵頻伽という世にもあえかな幻の声で鳴く鳥が、その原野のために、鳴いている。なぜ鳴いているか。その原野の上には在りし世の幸せもあったけれども、不幸のほうがより多くあった。生命たちの幻影が残っていて、地獄がここにあったといってもいいんですけれども、その地獄のために、仏様の鳥、その迦陵頻伽が、ずっと鳴きつづけていて、喉が嗄《か》れそうになっている。

「わたくしさまの　しゃれこうべ」

この前のリハビリ病院に入っているあいだ、その詩のことばかり考えていまして、できあがって帰ってきたんです。

わたくしさまの　しゃれこうべ

崖の下に　野ざらしになっていた
これはなつかしい
わたくしさまの
しゃれこうべ
ふたつのまなこの　穴ぼこと
口のしるしの　穴ぼこと

花が天から
音のミキサァにかかって
幽かに　匂います

空にはジドウシャの音がいっぱい
ブルドーザァの音がいっぱい
鉄の爪で吊りあげる匂いが
胸苦しい
無数の首たちの
いまわの声は
聞きとれなかった
首たちも爆発してしまったから
聞こえない風の中を
赤んぼたちの　ほぞの緒が

ゆらゆら降りてくる

天が下の　大静寂
迦陵頻伽の喉《のみど》が　からから　です
なにか飲みものは　ないかしら
ありました　ありました
見えました
わたしの　まなこの　穴ぼこの
そのまた向こう
ほらあの　トンネル掘りの
土竜《もぐら》が　頭に立って
働いています　あのオケラたちとか

掌の上に乗せれば
魚のヒレに似た四つの手足を動かして
自分を花車に仕立てながら
泥の向こうの彼岸まで曳いてゆく
バッタに似たのだとか

手足のない　めめんちょろだとか
みんなでせっせと耕している野原が
ずいぶん広がって

小さな泉のほとりでは

むらさきいろの　露草も
露を含んで
明ける朝

極楽よりも　地獄のやすらぎを
うたうようになった
迦陵頻伽の喉も　これで
うるおう　ことでしょう

それから音楽が消えて、最初に何か描こうと思って描きはじめたら、この子猫の絵が生まれたんです（本書扉裏）。これが復活の第一号でした。二番目がいまの詩でした。本当に復活できるかどうかわかりませんけれども。

III

「水俣病を全部私たちが背負うていきます」

患者さんの杉本栄子さんと緒方正人さんからいろいろうかがううちに、あるとき「私たちはもうチッソを許します」というお言葉が出てきました。私はハッとして「それはどういう意味でしょうか」と申し上げましたら、「いままで仇ばとらんばと思ってきたけれども、人を憎むということは、体にも心にもようない。私たちは助からない病人で、これまでいろいろいじわるをされたり、差別をされたり、さんざん辱められてきた。それで許しますというふうに考えれば、このうえ人を憎むという苦しみが少しでもとれるんじゃないか。それで全部引き受けます、私たちが」と。水俣病になったことも、途中の経過がいろいろございましたけれども、そういうのを、チッソのせいでとか、あの人たちのせいで苦しまなきゃならないということを、その一番苦しみの深いところを、そっくり私たちが引き受けます、と。「許す代わりに、水俣病を全部私たちが背負うていきます」。あの人がけしからんとか思っているんだけれども、それを潔く引き受けることにした。自分たちが背負いなおすことにした。そうすると憎まなくてもいい。むずかしいけれども、許すことにしましたって。チッソはもちろん水俣病の患者たちの気持ちを知らない世間、知ってくれない世間というものがある。行政の人たちも行政から離れれば一人の人間であろう。なまじ制度の中にいる人たちは、それに囚われて、自分も一人の人間であるということを忘れておられる。それはこの世にある罪です。知らないということは罪です、とおっしゃいました。その罪も引き受けます、と。

他方、緒方さんは、「チッソは自分であった」という考えに到達されますけれども、それは「人類の罪を引き受ける」と、私には聞こえました。罪の中をくぐってしか生きてこれなかった人たちが、それを全部引き受けるとおっしゃいました。それでも、「道子さん、私、ほんとは死のうごつなかった」といって、栄子さんが泣かれましたけれども。

東京に日本という国はなかった

またほかの患者さんからは、「国というところは親様だと私たちは思ってきました」って。親というのは先祖様を含む親です。それで「親様に向かって、親様のしてくださること、おっしゃることに、不足を申したりするのは親不幸だと思います。国というものをそんなに思ってきました。黙っていても、その親のもとにいる国民というものにたいして、親様が悪いことを考えなさるはずがない。そういう気持ちを汲み取ってもらって、よしなにしてくださるとばっかり思っていました。それで親様にたいして異議申し立てをするというのは、悪いことだと思ってきましたんですが」とおっしゃいました。

官僚の中には、行政上の仕組をいじるといいますか、この患者はどの申請を出しているから無視するわけにはいかんけれども、なるべく数を減らしたいな、というお気持ちがあると思うんです。ある種の商売をする人たちのように、契約という感じで、まず最初に、これだけの予算があるから、さらにこの何分の一かを使って、これを水俣病に当てよう、これ以上は受け入れられない、というような気持ちが働いていると思うんです。けれども、患者さんたちのほうから見れば、水俣には親様の国の慈愛のようなものはなかった。熊本県庁まで行ってみたが、なかった。東京に行けば日本という国があるかと思って、実地交渉という名前でも呼ばれた東京交渉に行かれましたが、親の心というのはみつけだせなかった。それで「道子さん、東京まで行ってみたばってん、日本ちう国はなかったばい」って帰ってきておっしゃいました。

もだえ神様

胎児性の患者の人たちの肉声というのには、私はそうたびたび接していないですけれど、おうちに行けば、だいたいお父さんが若い時に生まれたお子さんたちなんです。二十五歳でお父さんになったり、すぐ劇症型になって亡くなったりという親御さんたちです。胎児性で生まれてきても、生まれてきてよかったっておっしゃるんです。そう思っておられる。あの不自由な体で生まれていらっしゃって、「生んでもろうてよかった」って。それで「お父さんに会いたい」って。自分を生んですぐに亡くなった若いお父さんやお母さんに会いたかったたって。うちの家はどういう家だったんだろうか、知りたい。どうやって今日の自分があるのか、それを知りたい。そして親孝行というものをしたかった。お父さんって呼びたかったって。もう五十歳を越えた人が、若いお父さんの写真を見て「お父さんってていいたかった」っておっしゃるんです。隣のおじさんの後姿に向かって、「お父さん」と口の中でいってみたこともあるって。「親孝行というものをしたかったのに、お父さんはいない」。そんなお気持ちなんです。

最近は、胎児性のお世話をしている周りの人たちによって、学校を回って、水俣の患者さんの訴えたいことを、子供たちに聞かせようという動きもありまして。胎児性の人たちを呼んでお話をうかがうようになさる先生方もいらっしゃるんです。小学校三年生、四年生なんでしょうか、やや高学年の生徒たちに、胎児性の患者の人たちの、こんなふうに生きたかったという話を、こんなふうに生まれてきたという話をするんですって。

子供たちは、その胎児性の五十歳を越えたような人たちの顔をしっかり憶えていて、町で会うことがある。そうすると、「あぁ、○○さん」、「こんにちは、○○さん」って子供たちが町で声をかけてくれるんだそうです。それがうれしい、生きがい。お父さんはいない、あるいはお母さんがいない、お兄さんも、お姉さんも亡くなったとか、欠損家族なんです。それで世間との絆がなかったのが、一時間ぐらいの話で絆ができている。また行って話したいって。純情というか、けがれがないというか、そんなふうに一日一日、一秒といえども、この世にたいして絶望しておられないです。希望をもっている、だれかに会いたいって。なつかしんでおられる、まだみない世の中を。そういう切実な毎日の瞬間瞬間を懸命に生きておられる。そのことを解放してさしあげなければ。水俣病の環境問題というのは、そこを見忘れていると思います。水俣が本当に原点ですから。

私は「もだえ神」というのを大変気にしているんです。もだえる神様。自分では何も積極的にこの世に関われないけれども、あらゆるこの世の憂悶を身に負って、引き受けておられる。なんといったらいいんでしょうか、神様ですね、もう、生きながら。だけど神様として祀り上げられるというんじゃなくて、二十一世紀に向けて誕生した新しい神。それは一分一秒もおろそかにせず、この世と関わりあおうとしてもだえている、そういう神様が生まれたと思うんです。

そういうことをしょっちゅう思っていますので、新作能「不知火《しらぬひ》」で不知火と常若《とこわか》というのが出てきたんです。

口封じと名目つくり

中国から文明がはじまって、韓国とかを経て、日本にいろいろ入ってきました。その前はインドあたりから来るんでしょうけれども。百年ぐらい前までは、文字一つ書くにしても、言葉を一語吐くにしても、何か美的な願望があって、それをめざした。徳という字もあります。徳を積むという。そういう徳目を掲げて、人格を磨くというのが文化だと思ってきたのが、最近は金にすり替わってきて、契約という思想が出てきた。産業資本の行き方はそんなふうに変化してきていて、現在ただいまの世の中というのは、利益のために、美も義も徳も、義理人情もなくなってきています。

これはもう由々しきことで、民族感情というのは、非常に堕落してしまった。それで患者さんをなるべくたくさんふるい落として、それで残った人たちだけを、名目上救済をしたというふうにこの約六十年間やってきました。何が救済かなと思います。何がしかのお金を、とても恩着せがましく。そういう印象がございます。ある一定の人数を、これだけはまあお金を配って口封じをする。非常に低額のお金を差し上げて、治療費は出すようですけれども、それも限られた人数で、処理するんです。人間を処理していいんだろうかと思います。

人間だけでなくて、海の底も出ていくところがありません。私、重金属そのものをよく見たことがないんです。一般の庶民の人たちもごらんになったことはないと思うんですけれども、不知火海に沈殿してるわけです。私の生まれ故郷であり、水俣からとんでもなく離れている天草へ、昔なつかしい気持ちで出かけました。親から生まれた時の様子を聞かされていましたので。宮野河内《みやんがわち》という天草の沿岸ですけれども、村の人がとてもよろこんでくださって、お腹の大きい母をごらんになって。そこの方がたが、「ハルノ様は赤ちゃんのおらすごたる」っていって、夏みかんをいっぱい取って持ってきてくださったそうです。それで「道子は夏みかんで育った、お腹の中で」って母がいっていました。

そこを訪ねて行きましたら、とてもかわいらしい入り江がずっとありました。いかにもアサリとかマテ貝とかハマグリとかおりそうな浜辺でした。そこへ行きまして、八十年ぐらい前の生まれた時のお礼を申し上げようと思って、いろいろお話ししていました。「水俣はもうだめでございますけれども、ここ辺の浜辺はとてもいい浜辺ですね。貝がたくさんおりますでしょう、アサリやマテ貝やハマグリが」っていいましたら、「いいえ、おることはおるんですばってんが、貝毒というのが発生しておりまして、あんまり取って食うなといわれとります」っておっしゃるんです。

その貝毒というのが気になっておりましたら、もう二、三年ぐらいになりますかしら、宮野河内というところに水俣病が発生してるって、発表があったんです。とんでもなく離れたところです。そんなふうにじわっと広がっています。それで政府は怯えているんだろうと思うんです。これだけ長年問題にされていて、水銀会議なんていうのが国際的な規模ではじまるようになりましたので、世界中の人がだれだって水俣を振り返るだろうと思うんです。その時に何も手当てしていないんじゃ具合が悪いから、とりあえずふるいにかけて、一定のところを目立つようにして、ちゃんと始末をしたという名目つくりを今しているんだと思います。

政府も行政も徹底的に調べない

どれぐらい具合の悪い住民がいるかというのは、だれが考えても、調べればわかるんです。最初の発生のころの噂がとても特徴的でしたから。「よいよい病」になって、ちどり足で歩くような、そんなのをいうんですけれども、よだれをたらしながら、ふらふら歩く。そして親子で、いまは四代目ぐらいに入っていると思うんです。発生のころの噂はどこにでも住民の印象に根強く残っているんです。そして「とうとうあそこの家は絶えなさった」、「どこかに夜逃げしなさった」って、病人がたくさん出て、そんな伝説の家があるんです。それで「シーッ」といって、買い物に行かれてもお金を直接手で受け取らなかったり。そして一番最初に井戸の検査をしました。ミソ甕の中も熊大の人たちが来て検査していきましたので、村じゅうが怯えきった時代があるんです。

それは調べようと思えばわかるんです。隣保班の組織というのがありますから。頼めば、その一軒の家がどういう食生活だったとか、そんなのはたちどころにわかるんです。いまさら隠さないです。それをやらない。それをやったらどういうことになるか、そら恐ろしいことになると思います。それで政府は怯えて、行政も怯えて、知らないはずはない。

隣組の組織を一番最初に使ったのは、発生のころの厚生省で、食品衛生研究所というのをすぐつくったんです。そうしましたら、とんでもないことになりそうなので、最初にやったことは隣保班の組長さんを使って、班に来て、一番最初に千草委員会というのができた。東京の公共の医療機関の人が三人立って、千草さんという方が頭になって、水俣で食品衛生に大事故が起こっておると。それで千草委員会は国がつくりましたから、国がいうことに文句はいいませんという一札をつくりあげて、患者さんが出たと思われる家に印鑑を押してください、ということを班にふれて回ったんです。その時に、親がしてくださることは悪かろうはずがないと思って、印鑑をつかれたんです。そしてパッと発表して、裁判にいかなくても国がめんどうをみてあげますといって、それを一番に国がやったんです。そして食品衛生の係の人たちは、サッと解散したんです。だから持って行っても受け付けるところがないようにした。最初に国がしたのは、そういうことでした。

それを受け継いで、いまもやっている。少しは進歩したように見せかけて、最近亦、審査にもれた人を再検査しますって、県が発表して、それは動きはじめたようです。けれど初期から中期にかけて、たくさんの人が死んでいます。お医者さんめぐりをし、原因がよくわからないということで、人間じゃなかような死に方をした人たちは、たくさんおられまして、そういう人たちは数に入れない。だけど本気で調べようと思えば、一種の変死ですから、家族の人たちも、村の人たちも憶えています。まだ村はそんなに激しく流動していない。ただ水俣にいられなくてよそへ出ていって、発病した人たちもたくさんいます。それを追跡調査できないはずはない。それもやらない。環境問題が日々きびしくなっていますから、今度の特措法で、一応水俣ではやりましたよというしるしをつけるために、いまちょっとだけ動きはじめている。

水俣およびその周辺でどういうことが起こったのか、徹底的に行政の手で調べたことは何もないんです。チッソが患者を調べたときも、健康体でぶらぶらしてるって。その人たちの内面の苦しみなんかには全然ふれてない。熊本県の行政の中でも、健康体でぶらぶらして、職にはつかないって、まるで怠け者かなんかのような記述があります。

IV

菩薩の目で海を見る人たち

人間がどんなふうに、どこまで辱められるのか。その中で育ってきた人たちが、どのような苦しみ、悲しみを抱えてきたかというのを、克明にきけば、一代記じゃなくて、二代記三代記にもなります。水俣を人身御供にするつもりだろうかと思います。失ってならないものを傷つけられて、そこで甦ってくる人たちというのは、さっき神様といいましたけれども。さまざまな重金属がありますが、複合汚染も極致です。見かけは大変美しいところです。水俣のことを気づかって来てくださる方がたが感動して帰られるのは、水俣の風景でございます。とくに天草のほうに日が落ちる時の夕方の海辺というのは、本当に荘厳な感じがいたします。

新作能「不知火《しらぬひ》」で火葬場の隠亡《おんぼう》さんを菩薩としたのは、菩薩の目で海を見てる人たちがいる、と私は思うんです。胎児性の人たちとその若いお母さん方も含めて、あそこには菩薩が立っていらっしゃると思うんです。ひとたびその人格にふれると、じつに魅力的な人たちです。学校の先生たちが、胎児性の人たちをお連れして子供さんにお話を聞かせてくださるのは、そういう犠牲のうえに立って変遷した年月が、むだではなかったと思います。それで自分の課題として、お能を書いたんです。

海と陸の境、渚の発見

水俣の海の底では、ワカメが目立ってきたり、コンブが目立ってきたりしてるそうです。私は漁師ではありませんが、小さいころから海へ、渚に行くのが大好きで、そこには小さな巻貝たちとか、アサリとか、ハマグリとか、真珠を宿すアコヤ貝とか、魚類図鑑に描いてある魚たち、海のものたちがほとんど全部いたんじゃないかと思います。

私は最初もの心ついたのは、チッソのそばの栄町《さかえまち》というところでしたけれども、小学校三年生ぐらいの時に海辺の川口の集落に引っ越しまして、渚というのをはじめて知りました。これは一生を支配するような大発見というか、海辺と陸との境というものを発見した驚きというのは、一生の宝としてあるんです。

水俣の海がヘドロで汚染されたあとも、さらに渚への思慕みたいなのがございいました。とくに最近は、その意味とか、目に見えていた形とか、渚の呼び声みたいなのに囚われていて、私自身が渚になってしまったような感じでおります。ヘドロで、滅びてはいけないものたちが滅んだんじゃないか、という気持ちがしております。それで「不知火」というお能を書いたんです。あれはお能のほうが私に取りついたような感じです。

ところで、東シナ海のほうに行くかすかな海の潮の出口が鹿児島のほうにございます。日本列島を縦にして眺めると、下腹部の羊水のあるところが不知火海だという実感をもっております。羊水のあるところは、生命を養うところですので、小さな生き物たちが無数におりました。水俣が町の時代から、そこの村は集落が尽きるところだったんです。里山といってもよろしゅうございます。海のほうへ差し出ている岬の懐にある集落で、五分も歩けば川口に出る。

そういうところにおりましたので、学校が終わると毎日、高潮の時は別として、潮がいつも満ち返して川口まで来ますから、もう夢中になって、潮が上がったり引いたりする渚を探検しておりました。

「とんとん」という村の記憶

途中に火葬場があって、町で仏様が出ると必ずお葬式がそこを通ります。そこには死人を仏様にするために、焼いてさしあげる隠亡さんがおられた。昔はお葬式がくると、五色の幟旗を立てて、川口の土手を仏様の行列が火葬場に向かっていきます。するとそこの村の人たちは、私のような新しく移った村の人たちも、鍬を取って畑を耕していた人たちも、里山めいたところで木を伐っていた人たちも、みんな鍬や鎌なんかを木の枝に引っ掛けるとか、地面に置くかして、必ず黙礼をして、しばらく合掌しておられました。しばらく、「どこの仏様じゃろうか、なまんだぶ、なまんだぶ」といって。おひとりでおられるときも、二、三人で畑にいる人も、片っ端からそのお葬式を拝んで、お見送りしてからまた畑仕事にとりかかるという風景がみられました。

その村には避病院《ひびょういん》もありました。伝染病にかかった人たちは、その避病院に入れられる。入れられるとだいたい帰ってこられない。あとは火葬場に連れていかれる。それでその村では、この世からあの世に逝く人たちをお見送りするという形に私にはみえました。幼い目に、「どこの仏様かわからんけれども、ああやって死んだ仏様を見送るように、この世はなっとるばい」と思っていました。

「とんとん」という村でして、本当は猿郷《さるごう》とか日当《ひあて》とか日向《ひなた》とか、そういう名前がついている村でした。その一軒の家の出自がまだ辿れる新しい村でもありました。

一番最初に天草のほうから何かの都合で移ってきた家が一軒、その火葬場の先の、山の上にあったそうです。渚からすぐ裏側は山ですので、山へ入っていくと、その人の住居跡がありました。自然石とか、海から持ってきた牡蠣殻のついたような、玉石というのか、いろんな形の石で石垣を積んであった。そしてすぐそばに小さな泉がありました。一軒の家が暮らしていけるには水が必要ですから。いっぱいススキとか萩とかが生えているところに、行き当たりばったりに登ってみると、そういうのを発見して、ここに家があったなと子供心にもわかる。

もうちょっと時間がたってから、村の人にきいてみると、あそこはクロダジュンキさんという家が最初にひとりおりなさったと。ところが、晩になると「ジュンキかもうぞ、ジュンキかもうぞ」って。「ガゴ」という妖怪が出てきて頭から嚙むっていうんですって。それで怖くて下へ降りてきて、ここの里山ができたって。それで百年分ぐらいあるんです。クロダさんというのは仮の名前ですけれど、違うかもしれない。お兄さんは牛や馬を屠殺する職業で、その次の方は皮を剥いで、干して、太鼓を作られる職業で、三番目の人が死人さんを焼く職業をお選びになった。その干し上がった皮を叩くと太鼓の音がする。トントントントントンと川向こうに音がするって。それでその村は、「とんとん」といわれるようになったそうです。

そういう謂れのある村。それは被差別部落のはじまりだっていう人もいらっしゃいます。そういうことは私は知りませんので、ただその村がめずらしくて、海がめずらしくて、行きましたんです。そういうエピソードに包まれて、人間のとても可憐な願望に包まれてできあがった不知火海周辺の村です。里山というか、渚辺の村だったのが、チッソが来て、はじめて町というものができるんです。その町にあこがれて、天草からまた出てくるようになった。わが家は後に海岸道路をつくるのを家業にしてました。天草から水俣に移ってくるについては、そういう雰囲気、そういう物語を秘めて、海を渡って来たんです。

山の神様と竜神様

新作能の中で「海霊《うなだま》の宮」というのをなぜ考えたかといいますと、それは竜宮とは違うんです。漁師さんたちは、海に上がったものは必ず山の神様にお供えになります。ダシジャコの小さい一切れでもいいからと。薪を伐りに山に登って、漁師さんといっても漁だけじゃなくて、畑もつくっておられる。水俣がはじまった時代までは、どこの家でも薪でした。薪を取りに山に行かれて、お昼ご飯のお弁当を食べられる時は、必ずその中のご飯の一粒でもいい、魚があればなおいい、それでチリメンジャコくらいの魚とか、おだしを取るときのダシジャコ、こんなチリメンジャコでも頭と尻尾がついているのがいいって。それを一切れでも山の神様に供えて、「ただいまからお世話になってご飯を食べます、今日は一日ありがとうございます、ケガがないようにお守りください」っていって。そして自分の周りに丸を描いて。山の斜面なんかは、草も生えているし、木の根もあるし、丸を描くのはむずかしいそうですけれども、「ここの中で休ませてくださいませ」ってお祈りをなさるんだそうです。そこらの石ころの上に置いて、合掌して、それからお弁当を食べられる。

　山に行くときは海の魂を象徴するものを捧げる。反対に山の人たちは、海へ行くときは、海は山と違うて危うございますから、裸足で歩けないです。牡蠣殻などがいっぱいついて。それからいろんな、古代的な生命を長らえている、海の生き物たちがいっぱいおりますから、とても用心して、藁を打って、新しい足半草《あしなかぞう》履《り》というのを作って、「明日、海に、磯に遊びに行こうばい」って。遊びというのは、採ることです。漁とはまた違って、渚に貝たちがいろいろおりますから。カニもエビもおりますし、いろいろめずらしいものがいるんです。それを磯遊びに行くというんです。なぜ草履が半分かというと、藁で作った新しい草履が潮にぬれると、だんだん延びてくるんです。だんだん足の裏に延びてきて、ケガをしないようなほどよい長さというか、大きさになってくれる。ズックとかではだめで、すべるんです。

その新しい草履を履くときの足の裏の感じというのは、なんとも新鮮で、何か新しい世界に入っていくという感じでした。それで子供たちもよろこんで打つんです。「藁打ちどんこをほら藁打て」って両親や祖父母からいわれますと、よろこんで藁をトントントントン打つ。それで足半草履を編んでもらって、たまには自分でも草履を編む稽古をして、それで磯に出かけたものでした。

それで磯をずっと歩いて行きますと、形のよい、何か石碑によいような石があったと見えて、なんにも書かずに、碑が立っている。それは竜神様なんです。竜神様にはお米とか楊梅《やまもも》とか山の果物を供えてある。磯に遊びに行く人たちが、何か思いついて、竜神様におみやげをさしあげようと。野いちごでもいいんですけれ

ども、供えて磯に降りておりましたけれども、漁師さんたちは、あれはやってお
られたのか。

夜明け前に沖に船を出した人たちが帰ってくるときは、山にいるはずの狐とか、のら猫の山猫化したものが、いっせいに船を待っているんです。船のトントントンントンという機械の音がしますと、いっせいに、人間たちも出てきますけれども、猫や狸や狐たちも迎えに出てくる、と杉本栄子さんがおっしゃっていました。

そして着いて、網を広げて、はずしなさる。中に背ビレとか引っかかっている魚を網からはずすと、傷つくものもあります。そういうのを、狸たちとか、狐はそんなにたくさんいなかったけど、猫たちとかが来て、渚で爪立ちしたようにして、いっせいに待っているそうです。それでソイソイソイといって、まず人間より先に、「お前どもは神さんのうちじゃけんね」っていって配った。あまりお金にならないようなものを配んなさると、大変よろこんで、もらっていくって。「竜

神さんとも親類じゃもんね」って、その時思い浮かべたことをおっしゃるのを、きいたことがあります。その時の磯辺のにぎわいというのは、漁村の幸福です。お気持ちが満たされていたんです。

陸と海をつなぐ海霊の宮

その喜びはどこから来るだろうか、と私はその時に思った。海霊の宮というのがあるに違いない。あの方がたの胸のなかに。そこから竜神様そのものが出ておいでになったりするんじゃないかと思いました。竜宮城というのとちょっと違います。海で漁をして、魚と交わり、猫たちと交わり、狐たち、狸たち、水鳥たちと交わっている人たちのなかに、その時間になれば動きだす、海の精霊の住まいがあるところ。どこと特定しなくても、どこかにあるに違いないと私は思いました。竜宮というのは、海辺にいる人たちの、ある意味奇跡の、幸せな、美しいところだと思います。けれども、海霊の宮というのは、魚たちの動きのように、陸上でも動いている人たちのために、陸の上と海とを具体的につないでいる。行き来をつないでいる。いつでも、いろんなものに変身できる。陸の上のものたちの、魂と魂とで自由に交歓できるような、そういう陸と海とが生きて呼吸しているところをつないでくださるのが、海霊です。生きている海の霊たちが渚にあるからこそ、海と陸の精霊たちの呼吸の交わる最初の地点に、里山があった。

人間たちもそれを知っている。水俣では、夕方になると「かもうぞ、かもうぞ」っていう声が聞こえるから、早く子供たちも家に帰らないと、「ガゴに噛まれるぞ」って。どんなふうに噛むかって親たちにききますと、「頭のほうからガジガジガジっていって歯で噛むぞ」っていわれる。それで子供心にガジガジと噛まれるのは痛そうだと。でもなんとなく遠くへ行ってしまわないで、そばにはいてほしいような、妖怪たちの名前をいろいろつけてもらっておりました。

ガゴたちは、渚に出てきて、カニたちと遊ぶんですって。カニもいろいろいて、鋏に苔が生えたのや、エビには自分の体より長い鋏をもったのがいたりして、遊んでいるんですけれども、ガゴたちが渚に遊びに来ると、苔の生えた大きな鋏をもったカニがガゴたちのふぐりをガジガジと噛むっていわれていたりして。大変親しみ深い、なくてはならない近縁のものたちです。そういうみんながつくりだした物語の世界のなかにいたのが、ヘドロで埋められた。私はそれらを復活させたいと思っているんです。そういう物語として「不知火」を書きました。いまお話ししたようなことは、もういっぺん童話に書きたいと思っているんですけれど。

次の世の絶対的な幸せへのあこがれ

日本の渚というのがどういうものであったか。いまは海へ行きますと、コンクリートの土手で塗り固めていますから息がつまる。呼吸ができないです。渚の呼吸がいま、死滅しかかっています。都会に行けば、小学校の運動場までコンクリートで塗り固めてあります。日本列島は呼吸ができるようにならなきゃいけない。やすらかな、夜の呼吸、朝の呼吸、昼の呼吸とあります。それが、私たちの小さい時の体験のなかにありましたけれども。近代化によって、生きているものたちの呼吸法が変わってている。

どうすれば呼吸ができるかなと思って、それで一つの文化のあり方として、お能を考えたんです。「不知火」のなかではさまざまな試みをしてます。大衆芸能のなかでは、まだ呼吸法が残っております。落語の高座とか、言葉もとても生き生きしていて。演劇本能というのが人間にはあります。猿には演劇本能はあるかなと思いますが。だけど、鳥とかはオスのほうが化粧鳥のように、何か豪華な衣装をつけています。あれはメスの目には見えるんでしょう。オス鳥のほうが美しいというのは、何か意味があるんだろうと思います。人間の演劇本能に近い何かがあるのかなと思います。

この前、テレビの司会者かなんかの女の人が、オランウータンに会うところがテレビに出ていました。そのオランウータンがその女の人に花を持っていくんです。そのオランウータンが、いかにも恥ずかしそうに、花束を持っていくんです。それでその女の人がちょっと怖がって、素直にありがとうっていえなくて、ちょっとはにかんでおられたのが映っていましたけれども。あの両方からはにかんでいるというのが、対人関係の絆ができるかできないかの瀬戸際です。

お能では、常若と不知火が死ぬ前に、本当は菩薩だけれども、火葬場の隠亡さんの言葉によって、先の世では結ばれるという結末にいたしました。人類にとって、もうそういってもいい段階になっていると思うんです。生きているあいだの幸せというのはなかったけれども、幸せをあこがれることは許されると思って。次の世の、絶対的な幸せというのは何だろうと思って、男女のあいだの最初の縁というのはきょうだいであったろうと。きょうだいで夫婦になるというのはあまりよくないんじゃないか、という声もあったんです。だけど、最初に異性を感じるというのはきょうだいではなかったかなと思って。

それはしかし、絶対的な不幸を現世で背負ってなければ、そういう最後のあこがれというのは訪れないだろうと思って。きょうだい愛というのを、異性間の愛に乗り換える。竜神様というのも、性をもたない神かなとも考えたんです。しかし、竜神様も、ひょっとすれば乙姫様がお相手になるのかもしれないなと思ったり。それで弟神を竜神一族として、海霊の宮というのは、女神様に考えました。

それでも「不知火」のなかでは、海霊の宮と竜神様は別のところにおりますでしょう。竜神様は渚にいて、海霊の宮は海の底のお宮を守っている。そして、あの中に、さりげなく書いてありますけれども、その生類の親たちというのは、どこに求めるかというと、隣のくにの薩摩と水俣のあいだに紫尾山《しびさん》という山がございます。そこからくる清水が水俣の湯堂という湾の底に湧いています。潮が低く引いていったあとに、噴水のようにその山から清水が湧き出ていまして、陸地に湧き出ていれば井戸にもなるんでしょうけれども、海の中の井戸になって湧いているところがございます。その海のそばに海霊の宮があるという設定なんです。そこに真水と塩水が交わっている。そういうことにいたしました。それで漁師さんがおっしゃるには、その周りには大変魚がたくさんいるって。

生類の親様のおられるところ

「人類」という言葉にたいして、私が時どき使います「生類」という言葉がございます。生きているものたちです。「海霊の宮」の海霊というのは、その生類の親たちです。その生類というのは、魚も入るし、鳥も入るし、太古から今日まで少しずつ変化しながら、現世に生きながらえてきたすべての生命たちも入る。

人類というと人間だけですけれども、生類というのが実感としてあって、その生類の親たちというか、祖先です。

海霊の宮は、海の中の生類、陸上の生類も含めて、その親がいるところだろうと思うんです。その親様のことを、言葉にはなさいませんけれども漁師さんたちはとても深く意識しておられる。親様だから自分たちを養ってくれる。生類の親様たちが生類たちを懐に入れて養ってくださった。それで一番最初の、太古からの親様だと思っておられるに違いない。そこには竜王とはまた別の、お宮があるに違いない。

町に出るともうそういうことはすっかり忘れられております。時どきのお祭りをするのに、氏神様というのはいらっしゃいますけれども、その人たちが崇めたい神様をそれぞれもっていられます。田んぼの縁に田の神様をすぐつくったり、山の神様というのもすぐできる。その人がつくりたいと思えば、もう神様がそこにいらっしゃるんです。どこか遠いところに行くときには、守り神様というのがいらっしゃる。沖縄にも、アヤハビラという蝶々がいて、守り神様になって船を守ってくださる。いろいろ神様方も生まれたり、替わったりして、たくさんいらっしゃった。

田舎の無知な人たちがそういう信心をするんだって、そんなのは近代的でないといって、中央の人は封じてしまった。そんなのをばかにしはじめてから、人情というのが非常に軽くなった。そういう自分たちでつくりだす個々の大切な、より純粋な神の姿というのを、漁師さんたちも山で働く人たちもまだもっていらっしゃる。その名もない神々といっしょになっている人の姿というのは、私からみれば大変美しくみえます。

文明とそういう民間信仰というのは両立しないのかといえば、両立するんじゃないかと思います。ある美的願望が頂点に達したときに、神になるんじゃないかと思います。人の力では為しえない、望みえないものを望むということは、美的願望を抱えている姿にほかなるまい、と私は思っていまして、それを文学でやりたい。それで文学のある意味の頂点はお能だと思っています。文学と演劇と哲学の一体になった、人間の演劇本能に応え得る演劇の形というのは、いまのところお能が最高の表現ではあるまいかと。それを試みに書いてみたのが、「不知火」でした。

お能に様式化された原初の姿

何か精神の位が高い、願望の位が高いものが庶民化したときに、田の神様とか、海辺の竜神様とかになったりする。天草あたりに行きますと、海辺のアコウの木という巨樹になっていて、根が曲がっていて、大地から海のほうへ伸びている。そういう木の根のあいだに竜神様が祀ってあったりしまして、なんというか、愛の胎内のようなイメージを受けるんです。

　命というのは交わるものだろうと思いました。それで竜神様と常若と不知火のイメージが出てまいりました。昨日拝見しました映像作品『海霊の宮』の中に、根が絡みあって、渚に生えている巨樹が映像で出てまいります。あれがアコウの木で、根元に石が入れてあって竜神様が祀ってあるんです。

　あの木のイメージが常若と不知火の、先の世で、未来をつなぐ男女の愛の姿だろうと思っているんです。そこには現に海の潮がきまして、それがまた引いていって、ずっと太古から続いてきていると思うんです。原初というのは、かろうじてそういう形で残っています。文明化してしまわないで。私の場合は、それを歌にしたりすれば、ああいう「不知火」の台本になったりいたします。

　そういう一本の木がもっている呼びかける力というのは、大変なものだと思います。人間がそれを様式化して、お能にしたりするわけですから、人間もたいしたものだと思います。お能なんていうのは一代ではできませんから。それをうまく伝えて、うまく受け取ってきて、今日のお能の姿になってきているなと思います。それで古代の中国の夔《き》という神様も、元の姿は一本足の妖怪といいます。音曲の神様で、古代中国の神話の中に出てくる。これは白川静先生のご本を読んでいまして出会いました。これはいつか出てきていただきたいと思っていましたら、お能の中に出てきていただきました。それで一本足の妖怪というのがおもしろい。

新しい夢を見る力

生類の親を海底に、海霊の宮にして祀っておいて、そして生類の生命というのは、何かにあこがれて命を全うしてきたんです。途中で倒れるのもありますけれども。倒れる亡骸を振り返りながら次の第一歩を踏み出す。それほど、生命の力というか、おのずからなる力というのは強いものだなと、美しいものだなと思います。それがないと生きてこられなかった。だから最後の最後にも、まだあこがれて死ぬ。最後の望みというのは、最後になっても諦めないで、あこがれて死ぬという、絶縁できないこの世で、それをかすかな希望として生きるほかないなと思います。

最後に夢みる力があるということでしょう。生きているあいだ何も実現しなかったけれども。夢も希望も何もないと思う人もいるでしょうけれども、しかし夢みる人もいる。この前の戦争のことを知らない若い人たちがたくさんいて、「戦争があったって本当の話？」って、電車の中で若者たちが話していたんですって。たくさんの人たちが死んだそうだって。それを聞いていた大人の人がいて、書きとめているそうですけれども、「うそ」って、「ほんとかよ」って、「マジかよ」って、いったって。

私たちはそれを聞いて、笑わずにはいられないんですけれども、案外そういう人たちのほうが、性懲りもなく新しい夢をみるかもしれないなと、私は思います。私たちの世代からみれば素っ頓狂な、一見、俗にいえば無知な青少年たちが、案外次の世を生き延びて、何か私たちの体験しない、生きるよろこびを獲得する。それもつかの間かもしれないけれども、「うそ」とかいう若者たちがいるというのは希望です。

それと、私個人のささやかな夢としては、子供たちのために、いや私のために絵本を書きたいなと思っています。だけど、いまちょっと体が不調で、時間がとれませんけれども。

毒死列島

（二〇一一年七月九日）

I

妖怪たちの大にぎわい

私が町から海辺の村に移ったころ、おじいさんやおばあさんたちが、うちで話されるのは、夜になると、あちこち妖怪が出るという話が大好きでした。狐も狸も、それから「山のあのひとたち」といっていましたけれど、山にもそういう妖怪たちがたくさん棲んでいる。人間の棲む前から。それから私の住む村は猿郷ともいってましたが、時どき猿が出てきていました。そして「山のあのひとたち」

というのは、春の彼岸と秋の彼岸に入れ替わりなさるって。そういうもののけのような妖怪のことをいってましたが、話のなかにぞろんこぞろんこいるんです。

人間は少ないけれども妖怪たちがたくさんいるからにぎやかで、さまざまなエピソードを村の人たちがつくりだしているんです。伝承がいろいろ伝わっていて、その話をするのが大人たち、おじいさんおばあさんたちは大好きです。いろいろつけ加えて話してくれる。それで私の家は川口にありますから、向かい側に長い長い大廻《うまわり》の塘《とも》がありました。大廻というのは大きく廻るという意味です。そこに海の向こうからも妖怪たちが遊びに来るって。夜になると大変ににぎやかだった。そして水俣にいる狐たちは、言葉もところの名前もアクセントも鳴き方も違うって。顔も一目でこれはどこの狐だってわかるって。隣のおじさんが真剣な顔をして私に向かって話していました。それで私は狐にあこがれて、昼間、大廻の塘に、よくひとりで行って、狐になりたいと思った。それは真剣にコンコンと鳴いて跳んでは後ろを向いて、まだ尻尾は生えてないかなと思って、水俣川の川口の村でそういう幼い時をすごしました。

　夕方になって早く家に帰ってこないと、「ガゴたちに噛まれるぞ」って親たちがいってました。肩や頭を「ガジガジと噛むぞ」というのは、歯の音ですけれど、あんまり怖くないんです。残酷じゃないんです、その噛み方というのが。しかし、ちょっとは怖いです。なんか鋭い感じじゃない、歯がくいこんでくる感じじゃない、なんだか表面をガジガジとするような感じです。そういう妖怪たちがぞろんこぞろんこいて、どこの狐か、どこのガゴかわかるけれども、それぞれ村の名前がついているんです。ずっと川を遡っていって上のほうのタビラというところのガゴは「タビラのタゼ」という名前がついている。それからモタンというところの妖怪の名前は「モタンのムゼ」という名前を持っている。

　もう川口ですから、カニたちも海の魚たちも川を遡って、潮に乗って行きますし、川のものたちも川を下って海の中へ行く。それで渚というのは、海と陸とを行き来する生命で結ばれている。実際、海の潮を吸って生きている植物がたくさん生えています。いまはコンクリートで防波堤を造っていますから、そういう植物は少なくなっていますけれど、昔は生命たちが行き来するというのが一目でわかる渚でした。

海、川の生命に呼びかける

それで海のほうへ行きますと、数えきれないほどの貝たちが動きまわっているし、カニたちはいっぱいいる。小さな穴を掘って、一匹ずつ小さなカニが入っていて、頭を出して、お互いに片方の鋏で招くんです。それは恋の呼びかけですって。それで「片想い」という名前のカニもいた。「片想いたちが出て相手を招きよる」って、「だれかわからない相手を呼び寄せている」っていっていました。

そういう世界に入っていって貝をとって遊ぶんです。

海へ行くまでには小川があって、そこの小川にも潮が上ってくるんですけれど、分厚い石の橋が架けてある。そこの上で村の人たちは洗濯をするんです。その上のほうや下のほうで、川に入って遊んでいると、何かまつげみたいなのが生えた、小さな直径五ミリぐらいの、目のようなのが泥の底に二つ見えるんです。並んでいるんです。それはシジミ貝がいる徴しなんです。そこに指を入れると、ゴトリとした石のようなのがあって、取ってみればシジミ貝なんです。そんなのがたくさんいました。一時間も遊んでいれば、明日の朝のおみおつけができるぐらい捕れていました。

また、田んぼの縁の小川の両側には、三つ葉ゼリだとか、ヨモギだとか、食べられる野草がたくさん生えていた。タンポポとか、名も知れない小さな花々もたくさん生えていました。草の露のことを死んだ人の魂と思っておりました。「ご先祖様はもう草の露になんなさいました」っていってました。昔は火葬でなくて死んだ人を埋めてましたから。仏様になられたといって。それで埋めた土の下からご先祖様が草の露になって、朝、お日様の光にキラキラ輝いて、子供たちが学校に行ったりするのを道で迎えてくださる、って親たちがいって聞かせていました。大地はそういう役目もしているんです。ご先祖様たちの草の露、毎朝、生き返ってきて迎えてくださるって。

考えてみると、母はばかのふりをしていたけれど、日常の会話がすべて詩人でした。麦の一粒を見ても、私は母につれられて麦踏みをした時のことを思い出すんです。母は私を麦踏みにつれて行くときに、途中で道端の草にものをいいかけながら行くんです。「まぁ、お前たちは、三日も来んじゃったら、えらい太うなったねぇ。なよなよして、美しかよ」って。道端にはもう全開して千草百草《ちぐさももくさ》が咲いている。麦がこのぐらい出ています。それを踏んでいく。冬の綿入れ（丹前）を着て、こうして「後ろについてこんば」といって。それで私も麦の畑の上に乗ってついていくんです。一歩一歩踏みながら、「来年の団子になってもらうとぞ」、「正月の餅になってもらうとぞ」って。「ねずみじょに引かすんな（ねずみにもって行かれるな）」、「からすじょにももっていかるんな」って。「じょ」というのは愛称で、ねずみじょ、からすじょ。人間の子供にも、「あそこの孫じょ」とかいうんです。それで、こうして踏んでいく。私も麦を踏みながら、「来年の団子になってもらうとぞ」、「ねずみじょに引かすんな」って、口真似して行く。収穫のときも何か歌まじりのことを母がいうんです。農作業には、歌をうたって、大げさな仕草をするわけじゃないけれど、何か大きなリズムがある。

この麦の一粒を見ても、糀《こうじ》というのはカビの花。カビがつく、カビを作る。一粒一粒が花になって、こういうものを作りだすけれど、これを見ると、この小さい麦は、何千年、何万年かかって人間が食べるようになったのか。

コンクリートが文明という思い違い

地球というのは、宇宙の中の一つの地球という名前をつけていますけれど、ほかの星から見れば地球も星です。だけどその地球、星は呼吸をして、すべての生命たちを養っている。そういうことが、海辺に行けば子供心にもわかるんです。ところが、近代化でコンクリートが出現して、この百年、コンクリートで造ったものが文明の証だと思うようになりました。この近くの村でも人形浄瑠璃をやっている村があります。都から来た人形浄瑠璃に感動してはじめた村があって、清和《せいわ》村というんです。その村で人形浄瑠璃をやると、町の人が行くんです。私たちも時どき行っていました。そこの村長さんに会いましたら、「石牟礼さん、清和村も田舎ではなくなりましたばい」とおっしゃった。何のことかなと思ってましたら、小学校も市役所も全部コンクリートにしましたって。都から来る人が便利なように道路も全部コンクリートにしましたので、もう田舎とはいわせませんって。コンクリートのものを増やすのが近代化と思うようになってきた。近代的な都市の故郷は田舎です。田舎を貶めるようになってきて、「田舎者」という言葉ができた。江戸時代にできたと思いますけれど。それで都市のほうが上等だと思うようになった。

考えてみますと、この現世にはひとりの人間がいて、生命がどうやって生まれたか。細胞の研究をしている先生方ともおつきあいがありましたけれど、生命が生まれて人間の形になって、ある程度まとまってきたときに、村ができるんだろうし、村が発達して町になって、都市になっていく。動物の中でも、それぞれ家を構えます。鳥だと巣を構えます。動物だと木の洞の中に入っていたりします。それは田浦《たのうら》という甘夏ミカンの発祥地ですけれど、そこに道の駅というのがあって物産館を開いているんです。そこの軒下にツバメがたくさん巣を作っています。

その店ではツバメを大切にして、巣が落ちないように下から支えの板を作ってやって、ツバメの巣をとても大事にしておられて、ツバメたちがたくさん出入りしていました。ツバメの集落という感じがします。

村をつくるようになって、国というものができるんだなと思いました。ひとつの細胞から人間になって、ほかの生物もいっぱい生まれた。長いあいだかかって人間は都市文明というのをつくるようになった。しかし江戸時代には大変美しかった日本の町や村を、いっせいにコンクリートにしてしまって、それで都市文明ができたと思い違いして、呼吸している大地が息ができなくなった。それで長いあいだ息をするのが息苦しくなっていて、大地は生命を育てられなくなった。この二十年ぐらいで、シジミ貝がいたような小川は全部どぶにしてしまいました。いま小川を見つけようと思ってもむずかしい。

そんなふうにしてしまったので、地震の断層を何とかプレートとかいってますけれど、大地は息ができなくなって、ふふーっと息を吸って吐き出したんじゃないかと思う。それが津波じゃなかったろうかと思う。断層が都市文明を抱えきれなくなった。そして息を吐き出したんじゃないかと思います。呼吸できない。それで原発で汚染された水を捨てるところがない。原発は五十四カ所もあるっています。だけど、炉心溶融という、原発の炉の底が溶けてしまって、人類が体験したことのない毒素がいまどんどん出ていて、もっていくところがない。それでコンクリートで容れ物を造って、一万トンぐらいばかり入れる島みたいなのを造って、福島原発のすぐそばまでそれを引っぱっていって、廃水を入れるといっています。だけど、原発があるかぎり、人類が生きていくのにとても有害な、これまでの長い生命史が体験したことのない毒物が無限にずっと吐き出されて、いくところがないわけですから、こっそり海に捨てたりもしますでしょう。そんな一万トンぐらい入るコンクリートの容れ物を造って、ずらーっと日本列島を取り囲むつもりでしょうか。

　そうしますと、外から見て大変美しかった日本列島は、どういう見かけになるんでしょうか。それに地球は生き物ですから。地下に掘って埋めると二万年ぐらいはもっとかいってますが、実験したわけじゃないから、いまから実験です。ほかのも全部実験です。どうやって実験するかというと、それは人間の体でしか証明されない。早く止めないととんでもないことになります。そこに生き物たちがいるわけですから。もう五十年ぐらい前からですか、絶滅種というのが植物でも鳥でもいわれはじめました。いままで生えていた植物もなくなってくる、飛んでいた鳥たちもいなくなるって。それで呼び戻そうとしているけれども、なかなか呼び戻すことはできません。いまから無数にそういう種の全滅というのは出てきます。毒物が消えないうちに、生きているものたちが先に死ぬと思います。

毒を隠しつづける政府

政府の発表はおかしいです。人びとの不安に「大丈夫です」といったって、毎日毎日そういう有毒なものが出てるわけです。それをいま止められないでいて、「大丈夫です、研究しますから」って。研究の成果が出るのはいつでしょうか。どうやって研究するんでしょうか。試験管でしてもだめです、わからないです。それとは別に人体実験はどんどん行われて、進行しているわけでしょう。それで自分の体のことでも考えればいいのに、鈍感なのか、わざと隠しているのか、そういう毒物を吸収しているわけです。食べ物からも皮膚からも、環境からも。そういう実験に日本人はさらされている。ともかく止めて廃炉にする研究をすべきです。いまからお子さんを育てる人たちは、心配するなっていっても無理です。どんなふうにするから安心していいですよって、答はすぐには出ません。

政府は水俣のことを、まだ隠してます。五十何年隠しつづけてきました。親子孫三代、もう四代目になっている家もございます。当時の水俣にいた人たちは、だいたい潜在患者と思って差し支えないでしょう。名乗り出たにしても、出ないにしても。この海の魚は危険ですから食べてはいけませんということも言わなかったし、どのくらい食べれば発病するかということも公けには言わなかった。そういう研究もなされなかった。劇症型の人たちがいきなり出てきて、はじめて。それも公式には熊大〔熊本大学〕の研究や水俣の付属病院の細川先生の研究、それから東京大学に宇井純さんという方がいらっしゃいましたけれど、その方々の研究とか、かなり早くからわかっていたのに。公式に発表したのが昭和三十年代に入ってからですから、それから十七年目に、やっと原因は水俣工場の排水でしたって発表したんです。

でも、百間《ひゃっけん》排水口の付近の住民たちは本能的に知っていまして、「夜になるとなんか赤や紫の泡ぶくのようなのば百間排水口から流しよっとばい」って言っていました。それで鹿児島のほうの漁船が、変なのを流している港のそばに船をもって据えておくとフナムシがつかないって。船の底にはカキ殻とかフジツボとか、いろいろ岩にくっつく貝類がたくさんいるんです。そうすると船が重くなったり、潮が引いたとき砂浜においておくと、たくさんほかの虫も船の底に向かって這ってくる。それで船の底をだいたい一年に一回ぐらい火で焼いて、くっついているカキ殻を落とす。チッソの排水口のそばにおいておくと、その手間がいらないって。それで水俣の船をおきたいのに鹿児島の船が来て座っているって。評判が悪いというか、けしからんという人もおりました。「水俣へ持ってきて、ここはわしどもが海岸ぞ」って。なんか複雑な気持ちでした。ひところは、私がとても楽しんで捕りに行っていた貝たちが全部死んで、海岸線は異臭を放っていましたから。

「叱られしこともありしが草の露」

いまから先の町のつくり方は、大地が息ができるように、家の建て方とか、道のつくり方とか、ところどころ息ができるようにあいだをおいて。木々を植えたり草を植えたり、畑をおいたりして。都市文明のモデルを根底から変えないと。一昨日、弟が危篤になりましたので水俣に帰ったけれど、なんか町の様子が変わっていました。コンクリートの家が増えていた。建てるときは、そのほうが丈夫だからと思って、皆さんお建てになるんでしょうけれど、風情がなくなって、無表情の町に見えました。考えこみました。郷愁がないというか、情緒的なものが失われていって、木がところどころ植えてありますが、その木も減っている。草の露を想像させる草原も少ないし、言葉も変わってきています。

高群逸枝さんという、私が大変尊敬している女性史の研究家で、詩人で、熊本県出身の人が東京に行かれて、『東京は熱病にかゝつてゐる』という詩集を出されたんです。それでご両親が生きていらっしゃるあいだに帰ってこれないで、ご両親のお墓を立てられたんです。そのお墓に「叱られしこともありしが草の露」と刻まれた。叱られたこともあったけれども、ご両親はいまは草の露になってしまいになった、そういうお墓を立てていらっしゃる。いい俳句でしょう。そのお墓も十年ぐらい前に訪ねてみましたら傾いているんです。その墓地のある後ろのほうに自動車の道が通っていて、たくさんのお墓が傾いていました。あの景色も大変寂しい。

それから、何という村だったか、やっぱり田舎の墓地があるところを見てみようと思って、回っていましたら、日露戦争か日清戦争か、村から出て行った兵士のお墓がありました。出て行った時の兵隊さんの姿を石で刻んで、立ててある。それも倒れてましたけれど。何か書いてあるので読んでみましたら、いかに村にとって大事な青年であったかと。有名な人でもなんでもないんです。それを残した人は親だかきょうだいだかわかりませんけれども、その名前も書いてある。生きて帰ってくれれば村の柱になるような立派な青年だったんでしょう。それを後世に残そうと思って、村では大切にして、生きた時の姿に刻んで残しておいた墓がぶっ倒れている。

そうやって自動車道路をつくって、いまは車がないと移動ができない時代になりましたけれど、三十年前には考えられなかった世界になりました。私も移動するときは自動車のお世話になっておりますけれども。そんなふうな世の中になっていますので、村にそういう青年がいたということをみんなで思い出すというような心づかいがなくなってきました。縁とか所縁《ゆかり》とかいいますけれども、人と人とのあいだの絆とかがだんだんなくなってきて、親が子を殺したり、子が親を殺したり、きょうだい同士で殺しあったりとか、平気で、殺人事件が大変増えてます。自然の草にさえもご先祖が露になって宿っている。そういうことを自覚しない世の中になってきている。それを取り戻すにはどうしたらいいかしらと思っています。

徳を取り戻せるか

資本主義の発達というのは、みんなが金持ちに、大資本になりたがる。この二十年か三十年、とくに拝金主義になってきました。

それでお金儲けのためならば、チッソはその典型でしたけれど、多少の犠牲があっても仕方がない、と国も考えたふしがあります。それで水俣の患者さんたちが苦しんでいるのを知っていながら、チッソが流したんだということを国も隠しました。隠したのは、具体的に経済界と話し合ったに違いない。そして水俣を克明に調べたら、大変なことになっているということを、国も直感していたと思うんです。それで多少の犠牲はやむを得ないと、命に値段をつけるようなやり方で、ちょうど商取引のような交渉を初期のころはやってました。最初に決めようとしたのは、なるべく安く値切って、当時は自動車事故のときの補償を基準にして、子供の命が三万円でしたか、大人の命が三十万円でしたかね。

日々、生活がありますからお金はいります。働けなくなっているわけですから。日々の生活を補償すべきだったんです。それはしないで自動車事故のときの当時の通り相場があって、それになぞらえて値切ろうとした。やっと最初の人たちは裁判をした。一家のうちで働き手がなくなりましたから。おじいちゃんもおばあちゃんもかかるし、お父さんもお母さんもかかるし、子供たちもかかるし、孫たちもかかる。そんな家でみんな働く場所がないんです、働けるからだじゃないんです。各部落にそういう家が何軒もありました。ですけれど、名乗り出て裁判をした家と、お上に一任するって家と。一任するのに条件も何も書かないで、ただ白い紙に判子をつけって。判子をついた者にはなにがしかの補償をするからといって、判子をつかせて回ったりしていました。

今度の大震災ではどういうことをしているんでしょうか。全部流された家には百万円とかいってます。そして大人がいくらで、子供は月二十万円ですか。家も失って土地も失って、身内を流されて相談する相手もいない、話し合える身内もいない。仮設住宅に運よく入れた人はいいけれど、仮設住宅ではいまから暑くなるのに耐えられないです。そういうことを訴える電話もない、テレビもない、どうしていらっしゃるかと思います。

藤原新也さんが最近いらして、お話し合いをしたんです。その方が一人の少年の顔を写しておられました。その写真に向き合っていると、その少年から、こっちのほうが心を読み取られてしまうような目つきをしているんです。被災地の人たちは、そういう目つきで日本の政府や国民を見ておられると思うんです。それにどうやって応えればいいかと思うんですけれど。

生き残った人から、そういう目つきで私たちは問われているんです。水俣もそういう人たちがたくさんおります。いろんな意味で、水俣はモデルケースなんです。まだ何一つ根本的な解決策はとられていません。人間の社会ですから、どの階層にも差別や嫉妬や妬みや陰口やあるんです。それも何一つ解決されてない。これが被災者にとっては一番つらいです。

一番の問題は、徳というか、仁愛というか、大義というか、それが失われたことです。これを取り戻すのは大変。だから草の露というような感じ方を取り戻し、お互いの命は草の露のようなものだという気になってみなければ。そういうことも一つの手がかりだと思って、私も言葉探しをしているんです。毎日悩んでいます。

予想できなかった清子ちゃんのことば

水俣のことも何一つ解決していません。日々の苦しみがあります。四、五日前、水俣の胎児性の人たちに会いに行ったんです。たくさんいますから、私はごく限られた人としか話ができない。「不知火」の題字を書いてくれた鬼塚（雄治）君に、私が生きているうちに、お礼をいうとかんといかんなと思って訪ねて行きましたら、加賀田清子ちゃんが来ていた。会いたいと思って、申し込んだら会いに来てくれたんです。明水園というのは、人影もまばらな広い廊下があって、両側に病室がある。そうしたら、清子ちゃんが近寄ってくるなり、「がんばってくださいね」っていうんです。「いろいろ辛かこつのあろうばってん、がんばってね」って。私はびっくりして。「書くのも大変でしょう」、「さぞ辛かことのあることでしょう」って。それで私はなんといったらいいかわからない、涙が先に出て。しんからいう。私は患者さんからそんなことといわれたのははじめてです。日常の往き来もそんなにできないのに、なぜか、私が書く人間というのを知っていた。患者さんに会って泣き出したのははじめてでした。まったく予想できないことばでした。清子ちゃんは大人ですよ、私よりもずっと。

一日分、語ってもらいにまた行こうかなと思うけれど、あまり一人にばっかり会っても、ほかの子に申しわけない。一日一日、一秒一秒何を考えているか、どういう心がけで生きているのか。

彼らが小学校に行って話をしているのは私も聞いていました。そこにその人が生きてきた、そこにいるのをだれかが見ていてくれたって、そういうことが生じた。それを生きがいにして生きてきている。

そういうことにたいして、あの特別措置法というのはけしからん。命を品物のように値切って、しかも裁判を起こしたり、申請を出したりしているのをとり下げれば、二百十万円を一時金として払うって。一家に対して一年間それで暮らせということです。それで救済したっていっているんです。そういうふうにして、ちゃんと政府は救済するんだって。あれはなんですかね。

世の中の人も、奇病御殿とか、よだれ御殿とか。よだれ御殿というのはひどいことばです。よだれをたらしている人には、御殿が建つようにお金が来るって。唾液を作る器官に障がいがあるんですね。ものをいえない重症の人に、なぜか美女が多いです。ものをいおうとすると、たらーっと絹糸のように、きれいなよだれが唇の端から時どき出る。

「清子さん」といわれると、それがどんなにうれしいか。私もうれしかったです、清子ちゃんから声をかけてもらって。一目会って帰ろうと思っていたんです。そうしたら、いたわってもらって、記念に写真に写ろうという話になって、鬼塚雄治君と半永一光君、『苦海浄土』の杢太郎ですけれど、米満（公美子）さんが見とんなさった。手を動かす動作がむずかしいんです。鬼塚君は首がくにゃくにゃしていたけど、なぜかその時はしゃんとしていて、あれはがまんしていたのかな。手もよくかなわん。私は鬼塚君がそうやってやっているって知らないから、杢太郎君のほうが写真に写る瞬間になったら、じわーっと手を伸ばして肩を組んできたんです。

自分の体が不自由になってはじめてわかりました。なんもわかっとらんだったですね。

II

東北の方がたへの感動

私が思いますのに、この日本列島というのは、いろんな意味で大変まとまっています。ほかの民族が入らないで、日本人同士でまとまって。外国人は多少いらっしゃいますけれども。東北のことが起きてから痛感しましたのは、感動したのは、一つには暴動が起きなかったといわれています。また掠奪も起きなかった。よその国ではこういう場合には掠奪が起きたりしましたでしょう。何一つ残らず、からだ一本残った人が、死んだ人のことを思い出して涙ぐんでおられて、自分が生きているのが申しわけないとかおっしゃる人がたくさんおられます。そして東北の方がたが、農産物も海産物も大都会を養っていてくださっていたんです。それがはじめて私はわかりました。

あの寡黙な、忍耐強いといわれている東北の人たちが、ああいう極限的な災難にあわれて、そしてひとのことを心配しておられる。とても感動しました。日本人というのはこんなにやさしい民族だったのかとも、一方で思いました。それで、なんというか、神様の試しにあっているというか。人類は明らかに絶滅のほうに向いていますから、それを日本人が止めてみせるのかなと思ったりして。そういう思いやりでもって。もっともよい人間として蘇るというか、蘇ってみせるというか、そのお試しにあっているんじゃないかという気がします。人類にたいして、こういうふうに人間は生きなきゃいけないというモデルというか。外国から眺めやすいでしょう。列島の形といい、生活環境といい、恵まれていました。美しい国といわれていました。渡辺京二さんが書いておられますけれど、江戸時代の中期に来た外国人から本当にやさしい、かわいらしい、美しい民族だといわれていた時代があったんです。そこへ帰れるかなと思いますけれど。帰らなきゃいけないです。本当に人類史が終わるときに、お手本として人類史に名前を残すという時機になっているんじゃないかと思います。

東北の人たちのお顔をテレビで拝見すると、じつにいい表情をしておられます。東電側の代表者ののっぺりした表情と比べると。お髭も伸びて、剃ったり剃らなかったりしていらっしゃるような、農民だろうと思いますけれど、とてもいいお顔をしていらっしゃって。口数が少なくて、ひとのことを思いやって、ご自分の愚痴はおっしゃいません。若者たちもテレビに出て歌ったり踊ったりして、タレント志望の若者が増えていますけれど、あれもいままであまりなかった現象です。

だけどそういう若者たちの中に、歌えなくなったりする若者とか出てきて、ボランティアに行きたがっている。それで若者たちも捨てたものじゃないな、都会的な若者たちも何か根底的に考えこんでいるんだと思います。そういう若者たちが出てきているのも希望の一つです。

卒塔婆の都市、東京

放射能の問題もまったく同じで、これから蓄積されていくわけでしょう。結果というのはまだ出ていない。人身御供ということばがあるけれど、どのぐらい人身御供をつくれば、元の美しい国に戻るのか。『古事記』を読めばわかるけれど、この国の人たちは全部詩人、ほとんどの人が詩人、芸術家だったと思います。

私の母のような、詩人の資質をもった民族だと思うんです。『古事記』を見ると、「豊葦原《とよあしはら》の瑞穂《みずほ》の国」とある。「豊」というのは豊かな、渚の葦が生えて、原っぱになっている、「瑞穂」というのはお米の穂が垂れてる国と。「豊」という字を最初にもってくるというのは、お日様の光も、草の色も、川の色も、海の色も、山の色も美しいという国を上古の日本人は意識していた。

そういう伝統をもった国が、いまや、人身御供をつくって、文明というか、まさか文明とは思ってないであろうが、この国を発展させようと思っている。経済的にも、文化の姿としても、こういうなんとも味気ない、ボタン一つで便利な、合理的な国を作ろうとしている。

それで国が水俣病の特措法というのを作った。それを読むと、人身御供を、合理的に作っていこうとする法律です。当然、犠牲者は出るという考え方。

私たちが育ったころは、無学な父や母や祖父が、まず、人間は信用が第一と。いろいろいったりしたりする前に。私の家が没落して、大借金を抱えて、水俣湾の川口に移ったお正月に、どこからか名前をいわずにお米が一俵送られてきたんです。それでありがたいなと親たちがいう。こんなふうに没落して、こういう家に来て、何か自分たちのしてきたことが、こういう形で返ってきた。ありがたいな、どなたじゃったろうかって、どなたじゃろうと人間は信用が第一と。どなたかが、没落したことをご存知で、お米を一俵送ってくださったのだろう。それは後々語り草にして。「人は一代、名は末代」といっていた。そういう人情がなくなってきた。

そして美しい国だったのに、東京の夜景を見ると、卒塔婆の都市だなと思います。建物が墓石に見える。お墓の石に見える。徳もない、義もない、信用もない。水俣病の運動を起こすときに、本田啓吉先生という高校の先生がおられましたけれども、水俣病の組織をつくることを、「義によって助太刀いたす」とおっしゃった。名言です、「義によって助太刀いたす」って。その「義」とか「徳」というのは、中国から漢字が入ってきたときに日本にも入ってきたんですね。「徳の高い人」とか、いま、徳の高い人って、ことばもわからないですね。

今また、あの福島原発の前の海岸に、汚染水をコンクリートの箱みたいなのに入れて、引っぱってきたって。それに一万トンぐらい汚染水を入れて、棄て所がないから、そうするという方針が出されたことがありましたね。

一国の文明の絶滅と創成とが同時に来た

あれは浜岡でしたか、原発を再開してほしいと政府から大臣が行って、一度、OKした市長さんが市民の反対でまた考えなおして返事をしますって、いま騒ぎになっている。それで各地の原発の市長さんたちも、いま一生懸命考えなおしている最中です。市民たちは、政府が制度化しようという仕組みを、見破ろうとしています。見破る力が出てきました。それが頼りです。それで国会の有様も見ていると苛立たしい。

もっと混沌とした状態に陥ると思います。しかし、私はその混沌はむだな混沌じゃないと思う。そのうち見つけだすんじゃないでしょうか。文明が明らかに異質なものになっていくと思います。一国の文明の解体と創成が、いま生まれつつある瞬間ではないかと思っています。絶滅と創成とが同時に来た。力関係でどちらに向いていくか。絶滅するにしても、一種、純情可憐な他者のことを思いやる心で結ばれていく部分を抱きながら、絶滅するならいっしょに絶滅してもいいなという気がします。純度の高い徳義みたいなものを抱きながら、心の手を取り合って死ぬことができたら、それもいいかなと。生命の世界も有限ですから。

朝露がお日様の光に輝いて、小さな名も知れない草花に満ち満ちている地球は、なんて美しい星だったろうと思います。ほかにどこか生命のある星があるかもしれませんけれど、ほかの星が栄えてくれればそれでいいなと思って。しかしもったいないなという気がします。

弱者たちは現代の天使

水俣の百間《ひゃっけん》港という港があって、そこからチッソの廃液が流されたけれども、その前は大潮の時、陸地に上がって来る時に、水門を造って止める仕掛けがある。その水門のことをイブといっていたけれども、昔、それができあがる時は、人を沈めたんです。雨乞いをする時も、若い女をくじ引きして当たった人を海に沈めます。「神代の姫をこの海に沈めて奉りますので雨をください」という、雨乞いのことばが水俣に残っているんです。それを書き残した旅人がいる。「雨をたもれ、雨をたもれ、雨が降らねば木草も枯れる。人種も絶える。姫おましょ（さしあげます）、姫おましょ」。神代の姫と名づけて、「奉ります」と。沖へ連れて行って、海の中へ沈めた。神様に、生きた人間を柱にして差し上げますのでこの村が無事でありますようにって。その代わりこの人が最初の人身御供になりますって。そういうことが実際にあったということが、いい伝えになって、歌になって残っています。

それで、現代は、核廃棄物から大量の核物質が出ている。人間はこれからの文明のための人身御供ですよ。どのぐらいの核廃棄物が人間のからだに蓄積されるかというのは、全然わかっていない。けれども、確実に子供たちに、人間の中に蓄積される。人間が毒物を取り込んでいく結果というのは、最終的に何年たったらわかるのか。

水俣の場合は、一日一日悪くなっていきます。そして現実に肉体的に苦しい。ぼんのくぼのあたりに錐でもみこむような痛さがくるって。時どき安らかな日もあるけれど、安らかといっても、からだは変形していきます。水俣市民はほとんど魚を食べているから。新しい研究者たちが出てきているけれど、現実に進行している病人たちを救うことはまだできない。だれひとり救われた人はいない、よくなりつつある人もだれひとり聞いたことはない。行政は、水俣の魚は絶対に危険だから食べてはいけませんと、そういう指導はしなかった。代わりに肉を食べればいいじゃないかと言う人もいるけれども、肉よりも魚が安いから、そして味は変わらない。背骨が変形している魚も食べつづけたから。魚は上質のタンパク質、内蔵にはいろいろからだにいいものがあると。内臓の好きな人がいたり、魚の目玉が好きな人がいたりして。

一軒の家庭で摂取する毒物には、食品添加物や洗剤などがあるけど、最終的には全部海にいく。そして、医療器具も薬類も海に沈められたりして。ある学者は口から入れる添加物のようなものは十万種類ぐらいあるんじゃないかと。お菓子類、かまぼこ類、佃煮類とか、調味料の中にも何にでも入っています。どのくらいの毒を、海に垂れ流しているか。数えきれないほどだと思います。そのうえに、いま、決定的な核物質が出てきた。これは人間が食べて、体の中に蓄積されて、火葬しても土葬しても残る。

やはり自ら絶滅のほうに向かうのか。物は有限で、地球も有限だから、いつかなくなる。そこに棲んでいるものたちも何か変質すると思います。実際、大多数の人は震災前から無縁社会になったといっていた。あれは大変象徴的なことばだったけれど。それで、津波で何もかも持っていかれて、この寒い冬がくるのに、野外にいるのと同じです。唯一の救いは肉親がいることだったけれど、肉親も失って、住む家も失って。

不知火海というのは、見かけも美しいくにで、詩的な感性をもった、哲学的な徳をもった人種がいた。私の祖父母の時代を考えても、チッソがきて栄えて、村から町になった水俣だけど、いろいろ思い出すと、私は人情に厚い、ものやさしい、姿かたちもなんとなく恥じらいを含んだ姿をした町の人たちの中に囲まれて育ちました。そういうことを一挙に思い出して、それで東北はどうなっていくんだろうと思います。私も病人になってしまって何もできない。天草・島原の乱とかいっていますけれど、生命のはじまりと、その長い歴史をしきりに考えます。

弱い人たちを人柱にして、物理的な強者だけが生き残る世の中になるのか、いやいや待てよ、そうじゃないと思ったりするんです。現代の天使たちというのは、弱者たちです。病人と思われている弱者たちが、現代の天使です。私の接したかぎりでは、そうした人たちがいてくださるから、勇気を奮い起こして、まだ生きているあいだは、何かこの世に果たさなければならない役目があるのではないかと思います。

希望というのは、あの人たちの姿を見ることです。私、ほんとに感動しました。かたわと思われている少年たち、五十何歳になっても顔はまだ思春期です。かなわない手で抱こうとしてくれた。

祈りを捨ててきた近代

人間が他の生き物たちと違うのは、かなり太古から祈っていたんじゃないかと思います。白川静先生が近年まで、中国からきた漢字を全部点検した。そうすると、たいがいの文字は字義の中に祈りが、あるいは呪いがこもっているんです。それで生活習慣や歴史も、たとえば戦争をはじめた時だって、まず神様に敵も味方も自分たちが勝つように祈ってます。

私の名前の道子の「道」という字は、異族が村境まで行きついたときは、昔はどういう相手かわかりませんから、まず相手の部族の首をちょん切ってかざしながら行ったというのが、道という字のはじまりって白川静先生がおっしゃっていました。親たちとか祖父たちは道路工事をしておりましたから、道をひらくというのは、この世のひらけるはじまりだ、と思っていた。それで道をひらく仕事に大変誇りをもっておりました。道をつくるときは必ずお祈りをいたします。道の神様というのがいる。井戸には井戸の神様が、川には川の神様が、大地には大地の神様がいると、ずっと思ってきました。

都市文明になりましてからも、橋を架けるときとか、新しい建物を建てるときとか、まず御幣を振って清めとお祈りをいたします。赤ちゃんが生まれるとまず七日ぐらいしたら、早々と神様にその子を授かったお礼を申し上げに行ったりしてきました。病気にかかると神様に祈るし、けがをしても祈る。神仏と人と三位一体になって、でも人間を下のほうにおいて、神様や仏様を上のほうにおいて、毎日お花をあげて、お水を換えて、お祈りすることから一日がはじまってきました。

それが近代文明が発達して水俣病になってきますと、日本人は神仏よりもお金が大事になってきて、お金を拝むようになった。日本人だけではないと思いますけれど。それで死んでいった人たちの思いが残っているんです。どういう一日一日を暮らしていたか、不幸であればあるほど思いが深い。その思いを果たすことができないで、親様たちは死んでいったと思うんです。一軒一軒の家に尊いご先祖様からの歴史があって、一人一人には一生の物語があって、毎日、物語が作られている。物語は人と人との絆によって生まれる。それを書かなきゃと思っていました。みんなどういう物語をもっているんだろうと思って。草にも物語があるし、木にも石にもあるし。この木は何年ぐらい経っているかって、人間が数えますでしょう。伐ってみると木も年輪で、自分の歳を表現している。石にも歴史があると思うんです。

普遍的に人間は祈ってきたと思うんです。日本人だけじゃなくて。ですけれど、近代になるほど祈りを捨ててきたような気がします。それで、生活も精神のありようも暮らしの仕方も合理化されたわけですから。近代的合理精神とよくいう。

それで、祈らなくなってきました。

私は小さい時、山の中はおもしろいので、よく山に入っていました。それで村のおじいさんおばあさんたちから、山にはいろんな山のものたちがいるんだと。山の神様は神様で、しょっちゅう木がどのぐらいあるか算用《さんにょう》なさるって。計算することを算用といってました。わしの山の木は何本あるかと、三つ、六つ、九つというようにに数えなさる。その日に山に行きあわせると、木とまちがえられて、「その木の一つにされてしまうぞ」って。だから山に行ったら早く帰ってこなきゃって。それは少しおそろしゅうございました。

それで、山にはいろんなものたちがおりなさるって。おろちだったり、大蛇だったり、年取った猿かもしれないし、それから川の神様が山の神様に化けておられるかもしれない。たぶん河童のようなものでしょう。たとえば楊梅《やまもも》という木がある。小さな、野いちごみたいな大きさの果実が成る。熟れてくると赤黒くなって、ちょっと酢っぱいけれどおいしいです。それを採って食べると、汁をひっつけて帰りますから、山に行って遊んでいたなってすぐばれる。帰ってくるのが遅いですから心配して待っている。

だからその楊梅の木に登ったりしていると、ひねられて、木にされてしまうぞって。いろんな衆たちがいらっしゃるので、楊梅の木に登らせてもらうときは、「いまから楊梅の木に登らせていただきます」とあいさつして、「よくよくとこさぎとりませんと申し上げてから登らせてもらおうぞ」って親たちがいって聞かせました。そんなふうで日常生活の中に、ほとんど無名の神様ですけれど、いろんな神様方、狐もいれば狸もいるし兎もいるし、なんでもいるんだと。

何を考えるにも、精神生活にそういうものたちとの一体感を背負っているんです。実際、狐にあったり狸にあったり猿にあったりしてましたから。病気をすると、願かけをするといって、病気を治してくださいと、身近な神様にまずお願いする。田の神様というのもいらっしゃる、畑の神様もいらっしゃる。

なんでも神様になる

それで水俣病が起きた時は、みんなお祈りなさいました。『苦海浄土』の中に書いてありますけれど、ある一軒では、ありとあらゆる思いつく神様を神棚に並べていた。九竜権現様、お大師様というのは仏教の仏様ですけれども、お伊勢参りをしてきた人からいただいてきた御札、四国廻りのお遍路さんに行ったときにもらってきた御札も神様にして。それからじいさまが沖に釣りに行って網にかかってきた石、あまりに人間の形に似ていたのでその石にも魂を入れて。御神酒をあげて魂を入れる儀式をするんです。そして神様になってもらって、それも神棚に飾る。九つか十ぐらい、はじめて聞くような神様の名前ですが、その家の人が名前をつけるんです。

遠いところの立派なお宮に鎮座しておられる神様じゃなくて、その人が神様と思ったのはなんでも神様になるんです。こんなにたくさん神様をお連れして祈っておりますけれどもよくなりませんと。それは無知というよりも思いが深いんです。けっしてそういうことをばかにできない。祈ることによって自分を支えているわけですから。それで胎児性の赤ちゃんが生まれて大人になる過程で、そのお母さんも病気になっている。きょうだいたちも次々に生まれる子は、お母さんの毒を吸いながら生まれてくるわけです。おじいちゃんもおばあちゃんも、孫も水俣病になっている。その一家の苦しみというのは書ききれません。祈らない家はほとんどないです。それで語りきれないほどの苦しみや悲しみを懐いて、思いを残して死んでいかれる。

隣近所祈りあうことで助けあってもいたんです。見せあって、うちにはこういう神様がいらっしゃるって。そんならうちにも来ていただこうという感じで、村じゅう大きな連帯感がありました。それで村のお祭りには、一軒一軒の家の神様を全部お連れして山の上に、村じゅうでお祭りをしていた。あまり有名でない村々の山の神様とか、磯の神様とか、野原にいる神様とか。そちらのほうがだれも見ていないところでお祈りするわけですから、見ていても見ていなくても真心がこもっているというか。田んぼはただ収穫をするところじゃないんです。神様がおって家を守ってくださる。いい稲になってくださいって。拝むにちょうどいいようなころのよい三角形の石を見つけて、これを神様にする。家の前にあります。お隣の畑の隅に大切に注連縄《しめなわ》を掛けてありました。父たちが田の神様にしようぞと思って石を持ってきた晩のことを憶えております。非常に新しい田の神様ですけれど、もう田んぼはないんです。埋め立てて家が建ってしまっています。そういうことを基礎にして書いています。

民衆がたくわえてきた祈りの力

祈りとは、それを思う力でしょう。念ずる力があるから、内側に思いをためていく。たとえば、東京のチッソの前に患者さんが座り込まれたとき、私もいっしょに座り込みました。十二月の七日、忘れもしません。寒くなる東京のチッソの横っちょの歩道の上に。コンクリートの歩道は冷たいんです、とくに夜になると。あとから東京都民の方がたが毛布を持ってきてくださったり、お布団を持ってきてくださったり、畳を持ってきてくださったり、たくさんの方が加勢をしてくださいましたけれど、最初の十日ばかりは。

東京駅の丸の内ビルのそばに、プラタナスの並木がいまもありますかしら。当時はありました。葉っぱが落ちるんです。プラタナスの葉っぱというのははじめて知りましたけれど、桐の葉っぱのように大きいんです。それが冬ですから落ちます。その葉っぱをかき寄せて、その上に新聞を敷いて、じかにはとても冷たくて寝られない。葉っぱを敷いても寒いです。それに乾いていますから。寝たあとは葉っぱが粉々になって、それをまた朝になると掃除して、燃やさないで取っておいて、またあくる日、寝るときに敷布団の代わりにしようと思って……。そうやって座り込みに入ったんです。

地面の上がいかに冷たいか。それでもう形《なり》振りもかまわない、若い学生たちとからだをくっつけあって。上にはそれこそ新聞をかぶせたりして寝ましたけれど、患者さんもあんなからだでそうなさるんです。これが土だといいけどなと思った。コンクリートだから冷たいんです。ひと月ばかり外で寝ましたかしら。雪も降りました。そして寝てると、正月の何日でしたかしら、年の暮れだったかしら、晴海埠頭で鳴らす、船の汽笛が聞こえましてね、夜明けごろ。出帆するんでしょうか。ふつうは聞こえないんですって。

そういう時の気持ちって、寒かろうと一応は思いますけれど、座り込みが、寝泊りすることができたんです。落ち葉を布団代わりに集めて。で、起きて、お互いにおかしいから笑って払いあったりして。頭も落ち葉だらけですから。そういう時は一種の祈りのような気持ちです。お互いにたくわえてきた祈りのような。若い学生たちも混ざって。

チッソには長い歴史がある。そういうチッソのような会社を生む近代文明のあり方にも歴史がある。けれども民衆のほうにはもっとたくわえた執念というか、念願みたいなのがあります。その念願の力によって座り込めたという気がします。

祈りが絶えたわけではない

東京都民のさまざまな人たちにお世話になったんです。差し入れを持ってきてくださる。お布団からゴザから、新聞から畳から、食べ物も持ってきてくださるんです。どこかお店から買ったようなおにぎりを、新聞社の社説を書いている人たちとかが、なんだか恥ずかしそうにプラタナスの木の陰に隠れて、なるだけ通行人がいない時に、ちょろちょろっと来て、「おあがりください」といって、逃げるように置いて行かれるんです。自分が善行をしているというのを人に見られたくない。大変謙虚な姿で差し入れを持って来られる。加勢するぞという、そんな姿じゃなくて、含羞といったらいいのかしら、恥じらいを含んだ姿やお声で持ってきて、お名前も書いてない。そういう東京都民の方がたが、有名無名いろんな方がたがいらっしゃいましたけれど、恥じらったようにして加勢してくださいました。そういう姿の中に願いとか祈りとかがこもっておりました。

労働組合や学生の集団が、よく「連帯」って声高くいうでしょう。そうした声高な親切じゃないんです。そういうのをしみじみと感じまして、ありがたいと思いました。それで『苦海浄土』は、そういう名前を憶えておいた人にはお礼の気持ちをこめて多少送りましたけれども。そういうのが祈りというんじゃないでしょうか。皆無じゃないんです。そういうのは絶えたわけじゃない。今度の東北の場合もそうです。ご自分のことをいわないで、皆さんひとのことを心配しておられる。そういうのがある限り、この国にも希望はあると思います。

III

二十世紀を燃やしてしまおう

人間のエネルギーのもとになるものとして、火というのがあります。これは人間だけでありませんけれど。

新作能「不知火」というのも火です。この海の近くに一年に一回、八月のお盆のころ、不知火という海上に火の玉が走る現象が見える日があるんです。それで何世紀ですか、熊襲というのが九州にいて、大和の朝廷にたいして反抗している。

それを征伐しに景行天皇が九州に下って来られるんです。そして長崎のほうから、こちらの海の上を走る火を見て、あれは何の火かと尋ねられたけれど、だれも知らなかったので「不知火」と名づけられたという火がある。でも、その火に導かれて無事に熊襲のところへ上がることができたという導きの火です。それは伝説ですけれど、私は能に書きまして。

きょうだい二人、姉のほうは近代人が流した毒で海が汚れてしまった。弟のほうは陸上で毒まみれになったので、きょうだい二人で毒をさらえよって親からいわれる。それで両方とも毒をさらえるんだけれど、姉のほうは自分のからだを焚いて火にして、海中の毒をさらえるという場面があるんです。自分を火にして燃やすというのが、能「不知火」の主題です。紙で火を作って、あれが火から分かれた不知火のイメージですけれど。それでこの世とあの世を表してもいるんです。

植物にたとえれば、どんな植物も花を咲かせます。「花あかり」ともいうんです。

その「あかり」というのも火ですから、花が火の代わりにあかりになって、死んだ人を行くべきところに導いていくという詩を最近書いたんです。「花を奉る」というのを。それも背景には火があります。

　コンクリートの上に寝ました時に、夜明けごろ、カリカリカリカリという音が耳元でしますもので目が覚めた。頭を上げてみたら、かすかな朝やみの中で子猫が、舗装した道を、爪を立てて、かいているんです。それで排泄物を掘って埋《い》けるつもり。猫は畑があると行きます。そしてちゃんと被せておきます。それをやろうとしているんですけれど、土がないんです。それでカリカリやって、たぶん爪に汚物をひっつけたんでしょう。落とそうと思って振っているんです。かわいそうに。

　こういう文明というのは崩壊するだろうと、その時、つくづく思いました。草や木もですけれども、大地そのものが呼吸ができない。そういうことを考えていましたら、詩に出てくる人物が、衝動的にそこらの草に火をつけるんです。その火はたちまち、九州山地へ駆け上っていって、大分と四国のあいだの豊後水道まで行き着かないうちに、火の行く先がないんですけれど。それでまた詩の中の登場人物が、もとの阿蘇高原あたりから発火した火を。二十世紀を燃やしてしまおうと思ったんです、詩の中で二十世紀を早く終わらせたいと思って。また駆け戻ってくるんだけれど、もう一種の気狂いさんですから。それで「そんなことをして、宇宙に火がついたらどうするつもりだ」って書きまして、それを一番最後の言葉にしようかと思っています。

世界は終わるのか。地球が燃えつきて、宇宙の大火事の中で、遠い遠い星に火種がいって、生き物が生きていられる範囲のような、ささやかな火が引火していくかなと思って。いまの話めちゃくちゃでしょう。

宇宙を清める、宇宙ごと清める、小さな山火事とかでなくて。とんでもない妄想です。宇宙に火がつくはずないでしょうけれど。宇宙に火がついたらどうするつもりかって、神様から怒られているような言葉を最近書いています。

「ほんとうに歌う時がやってくる」、未完成です。「さようなら　人間どもの吐く息が　悪性ガスになってきて　高度成長期などという　いまや親様の大地は呼吸困難に陥って　どうにもならない　一度発火させて　ガス気を抜かずばなるまいよ　さようならをいうと　細く細くねじれていた　わたしの芯が絶息寸前の声になり　なんとわたしのほうが発火して　この星はみるみる火だるまになってしまった　宇宙に火がついたらどうするつもりだ」

島原の乱のこと

ところで、日本の歴史には大変特異な少年が一人出てくるんです。十六歳で死んだといわれている天草四郎という少年です。私は前に一度、『アニマの鳥』という題で、島原の乱を題材にした長編小説を書きましたが、その小説の中では主人公になっていない。そこでは農民たちが主人公です。だが、ともかく天の使いと思われていた少年が出てきて、農民たちは一目見ただけで伏し拝むような威厳のある美しい少年だった。これはフィクションではなくて、幕府方の記録にもある。それが天草出身です。私の親たちも天草出身です。

農民一揆が起きて、この人たちの半分ぐらいはキリシタンでした。関が原の戦いの後、四、五十年たってから起きてくる農民反乱です。キリスト教を棄てるように勧めるけれど、農民たちは棄てないんです。過酷な、運上《うんじょう》といって、いまでいえば税金ですけれど、お金でなくて米で取り上げていた。ところが天草、島原地方はいまもそうですけれども、米がなかなか穫れない土地です。それを食べてもいけないように取り上げるし、まだ足りないといって刑罰を加えるんです。世界の刑罰史上例がないといわれているほど残酷な刑罰を、口でいうのもはばかられるような処刑を容赦なくやるんです。年貢米を出せない人を水牢に入れたり、土の中に埋めて首を出しておいて、通りがかった人に竹鋸で一引きずつ引かせたり、しばりつけて蓑に巻いて、火をつけてころがしたり、考えられないような刑罰を考え出して実行したんです。

それで農民たちはキリスト教の中の極楽であるパライソに早く行きたいと思っていて、殉教志望者がどんどん出てくるんです。自分ですすんで処刑される、十字架にかかる殉教希望者がどんどん出てくる。そしてどんどん殺されていく。生きていれば苦しい目にあうから、早く天国に行きたいといって。島原の原城という名前のお城があって、前の領主はそこを壊して違うところにお城を建てて、移るんですけれども、その棄てたお城の跡に人々が閉じこもる。天草から、人口の半分ぐらい行くんです。わが家は行かなかったほうの子孫です。それで私は若い時からとても気になって気になっていたんです。命があれば書きたいと思っていましたけれど、いま一つ素人にはつかめない。私は女だし、少年の気持ちがつかめないんです。

戦の終わりがけに、農民たちは武器も持ちませんから、石なんかを持って上がっていて、投げたりする。幕府軍が十二万で取り囲んでいる。よく十二万入りきれたなと思います。馬も連れてきている。幕府軍も江戸から出発して、東海道を下ってきて、山陽道を通って九州に入って、島原まで行くのも大変だったろうと。先頭の部隊は江戸からで、その道すじの各藩もいろいろ会議をして、この戦に行くか行かないかというのを決めて、何月の何日に江戸を第一陣が出発するぞと、各藩に届いたであろうから。反対すれば、江戸幕府に反対の立場に見られるから、それを決めながら、百日がかりぐらいで歩いてきたのであろうか。食糧を持ってこなければいけない、行く先々で泊まらなければならない。それが十二万人にもなったという。当時は徳川幕府三代目の徳川家光の時代です。

そうやってこんな遠いところまで来て、取り囲んだ。そして最初の総大将はすぐ戦死します。石垣の上から石を落としたり、糞尿を落としたりして、幕府はさんざんな目に合わされる。それで次の総大将が松平伊豆守信綱という、「知恵伊豆」といわれた幕府方の重臣、幕府直轄の側近です。江戸に半分は残っている。それでその人がここについて、干し殺し作戦というのをやる。あんまり攻めていかないで、時どき攻めていく。百姓の軍隊は鉄砲も持っているけれど、弾を惜しんでいるからめったに撃たないけれど、撃つと大変よく命中する。立てこもったほうが強い。干し殺しというのは、百姓たちのためている食糧は尽きるであろうから、その時を待とうという作戦を立てるんです。でも、三か月持ちこたえるんです。第一次の総攻撃の時は、幕府の総大将は石や何かに当たって討ち死にしているんです。宮本武蔵も肥後藩に雇われていて、農民相手の戦に出ていって、石を投げられて膝にケガをして、生きて帰ってきた。

熊本には細川という殿様がいて、熊本城があります。加藤清正という、朝鮮で虎を退治して有名になった人が、帰ってきてから田畑の堤をとても上手にやり、熊本城の石垣は世界的に有名ですけれど、建築家でもあったんです。加藤清正が死んだ後の時代に島原の乱が起きるんです。天草に加藤清正に滅ぼされた小西行長という殿様がいて、この人はキリシタンだったので滅ぼされるんです。それで農民たちをかばうものがだれもいない。家来たちは職を失って浪人になる。それで職を失った侍たちが天草島の農村に分散して、この乱にも加わっている。戦術を立てたりするのは職を失った侍たちだったろう。

天草四郎と十万億土

それで戦いの後のほうになってから、小西という殿様の祐筆、書記役の益田甚兵衛という大矢野島の出身の人がいて、その甚兵衛の子が天草四郎です。天草というのは後からつけたんでしょう。益田四郎という少年がいた。大変天才的な賢い少年で、二、三年長崎に留学するんです。そして字を覚えてきて、村の人たちに学問を教えていたといいます。見かけが大変な美少年だったので、一揆軍に来た天の使い、その乱の象徴ということにした。キリスト教ですから侍大将じゃないんです。

私が考えているのは、人間だけの歴史ではないんです。それを能に直接表すわけでないけれど、「十万億土」ということばがあります。仏教からきたことばで、十万億土へ行くとか、十万億土には極楽もあるし、地獄もある。いま私たちが住んでいる地球を人間が意識する。私も意識はするけれど、地球といえばなんだかコッンとしたような感じがして。あらゆる生きものたちが、草木も、獣たちも、虫たちも含めて、呼吸しあっている……。

天草というのは、「あま」は「天」という字で、それに草と書く。私のイメージでは、それは天の億土で、人間や生きものが棲みはじめる前に、天というのがまずあって、それは高い空でもあるけれども、そこから地球が生まれる。地球ということばは使いたくない。億土が生まれると。十万億土というから、それは仮の数え方で、十万よりもっと多いかもしれない。これは元祖の細胞と考えてもいいし、土がまずできたであろう。火星も行ってみれば土があるかもしれない。生命がいるかどうかはわからないが……。とにかく最初は生命がなかったところに生命が生まれた。十万億土の中の天の億土のようなものがこの宇宙に生まれた、その最初の島である。それで私のご先祖は、草の親のようなものだったろうと思っている。天草四郎はそういうところから生まれてきた少年ではないかと思いたい。

天使だといわれて、そのように遇されるけれども、最初は自分はなんの役にも立たない案山子のような存在だと思うんです。けれどもあの時代、キリシタンが少し入ってきています。それで耳なれないことばと、いいなれないキリシタンのことばを使う人たちもいた。それはもちろん四郎も知っている。それで人間が救われるにはどうしたらいいかと。

さまざまな制度があります。当時はまず侍の社会ですから、領主がいて、年貢を納めろという。実際にできないことをいう。そしてそれをやれない農民たちを情け容赦なく殺したりする。最後に幕府軍には、飢えていくのを待っていて、なで斬りにしろという指令がきている。そしてそれが実行されていく。人間のもっている残酷さみたいなものを、まざまざと見て、体験する。どうすればいいか。百姓、漁師は武器も持たぬし、甲冑も持たない。幕府軍は、後に砦に立てこもっている人たちにたいして大砲を撃つ。長崎にオランダ船が来ていたから、船に大砲を積んで、海のほうから。

立てこもっている人々はいろいろ工夫して、上手に砦を作っていた。それで四郎には、寺を造ってあてがって、毎日、お参りをさせる。刀を抜いて突っ込んでいくのではなくて、四郎には祈らせている。それにふさわしい服装もさせて、小姓をつける。小姓というのはそばにいて、四郎が字を書くといえば硯を持ってきて、筆を持ってきて、もちろん三度三度の食事も持っていく。少年、少女に美しい着物を着せて、四郎のところは神聖な見かけにしてくれている。百姓たちあるいは浪人になった元侍たちは、ふつうの戦をするときのように、陣を決めて、役柄を決めて、いろいろやっているけれど、食糧が日に日になくなっていきます。その中で人間らしく立派に死のうじゃないかという思いは、お互いにあるんです。それで断食の日というのを決める。決めなくても食べるものはないけれども、食べるものがない日を断食の日と決めて。

それで日々自分はどう生きたか、何を思ったか、人間として汚いことを考えなかったかと、毎日、深く反省をするようにと。四郎の名前でそういう掟書きを作って回している。それが残っている。それで、字を知らない人たちが大部分ですから、キリスト教の教えを字を知った人が読んで聞かせるようにって。そしてお互いに戒めあって、立派にパライソという天国に、みんなで行こうじゃないかと。

「パライソの寺にまいろやな」

パイプオルガンを鳴らして讃美歌を歌わせ、他に十六世紀ぐらいにヨーロッパで流行った歌というのもうたって聞かせて、習わせていました。バイオリンみたいなものも作っている。天草に二カ所、そういう資料が残っているところがあります。聴いて感動しました。

それでお能にパイプオルガンの音を入れようかと思っているんです。お能というのは、太鼓と鼓と笛です。それと、地謡というのがコロスのように、男の人たちが座ってうたいます。

長崎県には小さな島々があります。対馬列島の中に生月島《いけづきしま》という、お月様が生きるという字を書く島があるんですが、そこは島全体が殉教したんです。キリシタンだったんです。それで生き残った人たちがうたっている歌に、「まいろやな、まいろやな、パライソの寺にまいろやな、パライソの寺と申すはな、広いな大きな寺ぞやな、広いな狭いはわが心のうちにあるぞやな」というのがあります。生月島の民謡にその歌がいまも残っているって。どんな節かはわかりませんけれど、聴きたいものです。パライソというのは天国です。寺というのは日本的な解釈です。教会という意味です。みんなで申し合わせているんです、「まいろやな」って。「パライソの寺と申すはな」、パライソの寺というのはな、どんな寺だろうって。「広いな大きな寺ぞやな」って、想像していうんです。その広い寺に行って帰ってきた人はいないから、「広いな狭いはわが心のうちにあるぞやな」って。心の中にみんなお寺を持っている。そういう歌が残っている。

見たことのないパライソの寺にあこがれて、断食の日を決めて、食べないで、刻々と早くお迎えが来るように、よろこんで殺されに出ていくんです。しかし、ただ、殺されるんじゃない。刀を持っている人は立ち向かっていくけれど、子供たちや女たちも年寄りたちもいます。手を合わせて殺された子供たちもいただろうに、その手はどんなにやせていただろうかと思います。食べていないのだから、草の根、木の根を掘りつくして。逃げだす人たちももちろんいました。それを幕府軍がとらえて腹を割ってみたら、胃の中にはゴマ粒しか入ってなかったって。そうやって滅びていったんです。

殉教です。それで死を怖れない人たちに幕府方はびっくりして、幕府軍に加担した各藩が書き残している。嬉々として殺されていくと。もちろんそうじゃない人もいるけれど。

生命というか、存在のもっているさまざまな性格を、四郎は体験しようと思ったのではないか。そういう人たちに会いたい、そういう人間のさまざまを見極めるために、自分は天から遣わされたんだと。天というのは、四郎にとっては大変近い距離にあった。それでふつうの人が、四郎の態度やことばに、何かハッとするような、神聖な、美の極致のようなものを感じたんじゃないか。そういう四郎を書きたい。

それを前奏曲にして、多声音で入ろうかなと思っている。そこへ四郎が登場する。久しぶりに故郷が恋しくて、帰ってきたけれども、原の城の跡は秋の草花がたくさん咲き広がっていて、やっぱりもとのように美しいなって四郎が思う。そしてご縁のあった人びとはどこへ行かれただろうかって。そうだ、この草の露となって、いまわが足元に皆さん来ておられるに違いないって。そしてもとの蓮池には……。島原の城のふもとに蓮池があったんです。そこに生きながら農民たちをぶちこんだといいます。その蓮池の跡は、いまは埋められて草原になっていいます。そこには彼岸花が咲いてる。そしてむごたらしく殺された人たちの描写はなしにして、小さい時に遊んだ友だちのこととか、お世話になった年寄りたちのこととかを四郎は思い出して、今日は帰ってきてよかったといって戻っていく。単純にいえばそういう舞台にしようかと思っています。

さきほど申しましたように一人ひとりに物語があった。子孫の幸福を願ったり、自分たちが不幸であったから、せめて子孫たちは幸福に暮らせるように、と思って死んだ先人たちの思いが残っている。東北にも。島原にも残っているんです。私の中にも残っている。それで人間はどう生きるべきかという、一番、花のところを描けたらと思います。どんな小さな植物たちも花を咲かせますから。そして葉っぱも秋になるともみじしたりしますから。草ももみじも情念が残っています。草の物語があったんです。その物語を思い出してほしい、人間もその中に加えてほしい。そういう物語にしようと思っています。

美と悲しみは背中合わせに

美とは悲しみです。悲しみがないと美は生まれないと思う。意識するとしないとにかかわらず、体験するとしないとにかかわらず、背中合わせになっていると思います。そしてあまり近代的な合理主義では、悲しみも美もすくいとれないです。美も退化の一路を辿っていると思う。悪のほうは増えていると思います。暗黒のほうは気がつかない。表情がなくなってきました。たとえば都市のつくり方も、大地の表情も見えない。コンクリートで生き埋めにしてるから。

海岸でさえもそうです。いまの原発のことを考えても、五十四カ所もあって半分は休んでいるというけれど、もう耐用年月がきてるんです。そしていま福島の三号機ですか、壊れて、放射能の混じった汚水を炉心のところから移そうとすると、移す管が破けたという。フランスから来たのも、アメリカから来たのも破けてしまいました。それで、聞いたことのない各種の放射能がもれずにはいない設備を持ってきて処理しようとしています。発表してるのは一部で、水俣病の経験から思うと、見えないところで棄てているんじゃないか。意図的に棄てたり、もれ出したのを隠したりしてるんじゃないか。

それでコンクリートで造った一万トンぐらい入る桶みたいな、船みたいなのを持ってきて、それに汚水一万トンをとりあえず入れるとかいってるけれど。あれはいまからもずっと造るとかいってる。そのたびに道具のほうは、管を通すだけで、管にたいしても放射能は働きかけます。それで破れてもれ出す。掃除をするつもりでフランス製の赤い管を持ってきたら、その管自体が破れて噴出してる写真が出てました。修繕するつもりの機械がまず壊れるほど強力な、人類が経験したことのない強力な力です。あんな鉄で補強するとかいっているけれど、その鉄が溶融した。

素人が考えても、何とかベクレルとかいってるけれど、瞬間的な値です。一度きりしか出てこない値のように錯覚するじゃありませんか。子供をもっているお母さんたちの胸の中は、ずっと絶え間なく不安です。単位はこのくらいですといったって、ずっと汚染しつづけるわけですから。東電の人たちはそういうことを思わないんでしょうか。科学者でいればわかりそうなものと思いますけれど、気持ち悪いです。人心が落ちつかないです。

ところで、合理化という言葉が、今はいいものとして使われているけれど、芸術的な美から考えても繊細な部分を切り捨てて無表情にしていくことです。一本の線を引くにも繊細さがいります。筆でも、ペンでもそう。単純化して、象徴的な絵を描くにしても、筆で描くのと、線の描き方も違う。私は東洋というか、日本のほうの昔の表現が好きです。近代の美はざっと描く。繊細さが、深みがありません。

美の感覚が抽象的になりまして、それが前衛だと思っている。前衛ということは、現象としては出てくるかもしれませんけれど、ありえないです。伝統と切れることが前衛と思っていますから。これは、私は違うと思います。どんな表現でも連綿と先人たちの思いをつないでいかなければと思います。合理的に描いても、つないだうえで前衛という形になるのは深みがありますけれど。東洋の筆というのは、絵も書も色もなんともいえない繊細な画面になります。私の友人に志村ふくみさんという草木染をしている人がいらっしゃいます。植物を炊いて糸を染めて織物を織られるんですけれど、私の全集の表紙をその人が織ってくださいました。織るのも染めるのも日本のものはいいです。

道子

花あかり

（二〇一一年九月一九日、十月九日）

I

鬼塚雄治さんの日記

「魂うつれ」という字を書いてもらったのは胎児性の患者さんの、鬼塚雄治さんです。ここにあるけれど、日記を書いているんです。これは二〇一〇年の一月からです。この人が日記を書いているということを私は知っていました。それで私がこの前書いた新作能の「不知火」の題字を書いてもらったんです。ふつうには筆が持てません。でも、字を読んだり書いたりするのが好きらしくて。

首がすわらない赤ちゃんだったんです。小さい時から一方的に知っているんです。雄治君の症状というのは、多くの水俣病の患者さんに共通するけれども、その彼に字を書いていただいたんです。筆をにぎることも大変で、手に力が入らない。前を向いて左の手で机を支えていることも大変。しょっちゅうゆらゆらしている。それでお使いを頼んだ（金刺）潤平君という青年が、倒れこまないように前から肩を押さえて。突っ伏してしまうので。それでも字を書くんです。

「不知火」という迫力のある字を書いてくれました。それでふとしたことから日記を書いているのを知って、『魂うつれ』（「本願の会」の機関誌）に雄治君の日記の連載を頼もうと思って、申し入れをしたばかりです。

水俣に「明水園」という最初に胎児性の人たちのめんどうをみてくれることを始めた施設があります。湯の児という海のそばの温泉地にあるんです。そこにずっと収容されていたんです。後に「ほっとはうす」という施設が水俣にできましたので、そこに時どき遊びに行けるようになりました。

夕べこれが来たばかりです。明水園に松本さんという生活指導員がいて、ふつうの人のように暮らしていくにはどうしたらいいかと、そばに付き添ってお世話をする係の人がいるらしい。その人が代筆をされました。雄治君が今日はこんなことがありましたというのを聞き取って、一種の文体ができていますけれど、共同作業で日記をつけている。一行しか書いてないところもある、逆にこんなに書いてあるところもある。これは松本さんの字で、筆話を人が書いてくれているところもあります。それで毎日書いてある。

「一月四日、朝風呂、男一、ナース女一（これは付き添っている人のことですね）、昼風呂、男二、ナース女二、十四時ごろ迎えに来た。（この朝風呂に入れてくれる人たちは、たぶん温泉でしょうかね）」

「アクアアッコ（これは何のことかな）に他のメンバーを迎えに行った、ほっとはうすに行った、十五時ごろ湯の鶴のあさひ荘に行った、温泉に行った、それから残りのメンバーと職員が集まり、八時ごろから食事がはじまった。（レスパイトってなんですかね。よく出てくる）レスパイトも来らした（おいでになった）。さっきのおばさんもこらした。八時に乾杯（これはお正月の行事ですね）。あと二人は料理がなかった。いろいろとごちそうのあった。なごまで（長く）起きとった。湯の鶴に泊まった。四人男の人が来た。二十時ごろまであった（宴会でしょうね）。いろいろ話をした。一年間のこと。飲んでからおしっこのまにあわんかった。おもしろかった。ほとんどの人は家に帰って行った。メンバー二人泊まった。ほっとはうすに泊まった。レスパイトの人もほっとはうすに帰った。きつかったで（きつかったから）。十四時ごろ寝た」。

こんな単純ないい方でずっと続くんです。読んでいると、何か命が生きようとしているというのがとてもいじらしい。ふつうのことを毎日書かずにはおれない、人に頼んで書いても書かずにおれない。これを読むと、介護事業がどんなふうに行われているかということがわかるし、何が必要かということもわかるし、人との関わり方がわかってくるんです。一人の人と向き合うというのはじつに真剣で。外に出られませんから、ふつうの人のように暮らせないけれども、なんとかふつうに暮らしたいと思っていることがよくわかります。

一日一日を生きる切実さ

ふつうの生活といっても下着をよごすことがしばしばあるらしくて、今日も何枚捨てたとか、それで下着をまた買ってきてもらったとか、そういうのが頻々と出てきますけれども、淡々と書いてある。

「七時ごろ起きて朝ごはん、パン、サラダ、コーヒーば食べた。十時に水光社に買い物に行った（買い物に行くというのが大変うれしいんです。外にふつうは出られないのに）。パンツ三枚×二（何を買ったんでしょう）、チョッキを買った。エモズに行って（エモズってお店らしい）からコーヒーを飲んで、十二時までゆっくりした。ご飯は作ってくれていた。巻きずし、いろいろまぜてあるご飯（巻きずしの材料がいろいろまぜてあるご飯）、ご飯を食うてからゆっくりしよった。十時半からほっとはうすで勉強会があった。女の人が新聞のごたるとば作らした（作っておられた）。何人か、あとでほっとはうすに来た。十五時半に帰ってきた。とってもよかった。

「十時から土曜日と同じ水俣病の講演会が一日中あった（これは何でしょうかね、水俣病の講演会というのは）」。

「朝風呂、介護男一、ナース女一、昼風呂、……（ところどころわからない）、寝具交換、音楽の時間はよかった、寝具交換はきちんとしていた。パンやさん、訓練の終わってから（時どき訓練をするんです、足や手がちゃんと動くように。首がすわってないので、首がまっすぐ立たないんです。大変美男です）。

「介護のOさんがきかい（着がえ）のときに、新しく買うたチョッキのチャックを壊した」。破ったとか壊したとか、そういうのが頻々とあります。時どき缶ビールを飲んで、焼酎を飲んで、寝酒の味も知っているみたいです。これは一例ですけれど、あの人たちに会ってると、一日一日を生きるということがどんなに切実かということがわかります。

ひとりの人間が生きるということは、大方の人たちは、先祖代々念願していたことが果たせなくて「後生を願いに行ってきた」と、おばあちゃんたちがよくおっしゃいますけれど、生きているあいだには思いは完結しなくて、思い残して死んでいくのは当たり前で、あとは後生を願うしかないという、縮めていえばそういうことですけれど……。

コーヒー一杯飲むにしても手がふるえて、体が傾いているので、お碗も傾くんです、中の液体も。それを落とさないように集中して抱えようとすれば、それがガタガタふるえるという……。それをこうしながら、一口飲んだコーヒーの味というのは、痛切にそういうふつうのことをやりたいという気持ちと、大げさですけれど、一口いただけたときの、やり遂げたという、そういう思いで、「今日はコーヒーを飲んだ」と書いている。そう書かずにはおられない。毎日同じことを書いている。それでOさんが見舞いに来てくれたとか、妹が誕生日にハンカチを持ってきてくれたとか、自分も妹に記念のものをやったとか、そういうことが淡々と毎日書かれて、もう十何冊書いて、こんなふうにして、水俣の相思社というところにある。そこは患者さんたちと共同作業をしようと思って造った建物ですけれど、そこにこういう資料を置く作業も、若い人たちが、少数の人たちですけれどやってくれています。今日一日を生きるというのは本当に大変ですけれど、昔ならそういうことはできなかったでしょうけれど、一部の患者たちがそういうことができるようになった。

人類が体験したことのない毒

不知火海というのは地図で見ますと、天草の上島《かみしま》、下島《しもしま》というのがあります。上島と下島のあいだは細い。よくあんな細い切れ目ができたと思うけれど。それで大波が行ったり来たりはできない。海峡ともいえない、運河ともいえない、細い溝みたいなので区切られているんです。そして鹿児島の東シナ海に近い瀬戸がありますけれど、そこからも細い波が行ったり来たりしていて、不知火海の底には有機水銀をはじめ、地上の毒という毒は全部たまっているんです。それでいまも若い人たちが発病している。不知火海の魚は毎日食べんほうがよかです。逆にいえば、あんな典型的な文明病が発生する原因を全部そこに集めたような。添加物とか洗剤とかその他いろいろ十万単位ぐらいであるそうです。

人類が体験したことのない毒物を考えだして使っている。たとえば火事になると多くが死にます。あんなことは昔はなかった。人は逃げるひまがあったんですけれど、最近の火事は建材に何かガスが発生するのを塗っているに違いない。毒ガスです。日常、それが地上にも海にも行ってます。

原発はもっと広いところへ拡散させながら。これも人類が経験したことのない、なんとかベクレルと単位をいって、その単位だけがあるように錯覚するけれど、それは毎日蓄積されていくわけです。それで捨て場がない。当然限界を超えますから海に捨てるよりほかありません。

昔は外国の人が日本に来たとき、日本という国は美しいと。渡辺京二さんも書いていますけれど。人間が住む、人間だけじゃありませんけれども、命にとっての風土として、見た目に美しい島だと。そういうイメージがあったけれど、いまやそれも五百年あまりかかってぶっ壊してしまった。

「漁民たちは水俣をつぶすつもりか」

この国も県も、水俣の魚はあぶないって、ちゃんと言ったことがないんです。隣保班かで書類ぐらいは回ったことがあるかもしれませんけれど。水俣の市役所も、これは大変だって、「この海で育った魚を食べたら絶対あぶない」と言ったことはない。不知火海の漁民の集団が水俣工場に交渉に行ったら、門を閉めました、私は見ていた。それで怒った漁民たちが門を乗り越えて中に入って、タイプライターのような、漁民がふだん使わない近代的な設備というか器具を見つけて、どぶに投げ捨てたんです。そうしましたら、「暴力漁民が乱入した」と新聞も書きましたし、警察は漁民たちを逮捕したんです。そして拘置所にぶちこんで、「きさまら」といって取り調べたんだそうです。で、漁民に実刑を科したんです。そういう歴史があります。水俣市民には「漁民たちは水俣をつぶすつもりか」っていうビラが毎日、新聞折込みで出ました。そのくらいの情熱があるなら、「魚は絶対食べちゃいけません」って新聞折込みで出せばよかったんです。そういうことは一度もしなかった。

今度の原発事故は、住民の人たちがいち早く自衛手段を考えだして、放射能を測るあの機器があまり正確でないとかいって、信用しないぞという意思表示をしておられます。あれだけは住民側が一歩水俣より進んでおられると思います。水俣はそういうこともできませんでした。そして人体実験がいまだに行われている。認定申請を出す人は、人口三万人いないんですけれど、申請者のほうが多くなりました。不知火海の対岸の天草のほうがあまり名乗りでていないのですが。それでもぼつぼつ名乗りはじめています。水俣の対岸の御所浦のあたりの人たちは。名乗りでたらその地区の魚が売れないということと、それでなくても売れない。水俣に近い港で獲れた魚ということがわかれば市民は買わない。

「太かベートーヴェンば買うてきたぞ」

漁師さんたちは、何もなければ羨ましいぐらいたくさん召し上がるんです。おさしみをどんぶりに山盛りに盛り上げて、焼酎といっしょにすすりこむって。ご飯のいらんて。最高のぜいたくです。「天のくれらす魚はわがいると思うしことって、自分がいるとは今日はこれだけでよかった、これだけ獲ればよかった」。そして「海は畑でござすばい」、「こやしはいりません」と。「こやしは持っていかんでようございます、耕しもせんでようございます。宝の海でございます」。それで病気になった人たちは、町の人たちがいうには、「腐った魚ば食う者が水俣病になる」と。それでとても漁師の人たちが怒って、「腐った魚ば漁師が食うか」って。それで「兵隊に取られて甲種合格じゃった体ぞ、そういう体でおって腐った魚ば食うたのなんのち」。市民たちと対立がはじまったんです。「一番よか魚ば一番先にごちそうになっとる」って、漁師は。

裁判で第一次の補償を要求した漁師さんたちは、まだ二十九世帯でした。その人たちが一番になさったことは家の修築。生活をしていくのに、私の家も雨漏りが三十八カ所もあった時代がありましたから。私の家と変わらないような貧しい、体裁をつくらなくていい小屋みたいな家の入口には、まだ水道が来てなくて、大きな水がめが置いてあって。お魚を持って帰ると、こさえるのに水がいるんです。それでまず大きな水がめが家の入口にあって、お台所って別にないんです。家の入口に、大きなまな板がそばに置いてあって、魚をこさえたうろこが、水がめに蒔絵のようにくっついているような家がたくさんございました。獲ってきた真新しい魚を、まだピチピチしているのを、包丁でうろこを取って、ザアザア水をかけて。まだ排水溝もちゃんとできていない。それで家の修築をなさったんです。

そうすると、「奇病御殿ばできた」って言う人たちがいたんです。「チッソに反抗して水俣市民の感情を逆なでして、そんなよか家ば建てて」と言っていました。それにたいして、漁師さんたちは気前がいいですから。当時流行っていた屋根に替えて、台所に水がめでなく水道を引いて、ぼちぼち改築していかれたんですけれども、大変印象的なエピソードがあります。

テレビになる前、大きな一種の蓄音機が流行りました。うちの息子は質屋さんでラジオをいろいろ買って組み立ててくれましたけれども、右のほうが大きな音が出る、左のほうが小さな音が出て、まん中へんで聴けばちょうどいいあんばいに聞こえる。それを買ってきなさった。漁師さんはなんでも新しいのが好き。「太かベートーヴェンば買うてきたぞ」って。それで本当は、音楽はクラシック志向じゃないんです。「勘太郎月夜唄」みたいな、昔の村の演劇集団みたいな人たちがいう音楽。レコード屋さんに行って、「なにしろ一番目立つとばくれ」と言って、お店の人がベートーヴェンと言ったんでしょう。そして「見えるごつ荷造りはザッ

として くれ」と言って、ある家で「ベートーヴェンば買うてきなはったげな」って。それで見にいった人たちがいて、「なんかむずかしか音楽じゃったち」。

ベートーヴェンの内容は関係ないんです。目立ちさえすればいいんです。そういう意味で大変健全で、生活を楽しまれる気風がある。農民と違う。気風がよかったんです。

それはたぶん東北の漁師さんたちにも通じるのではないか。テレビで見てると魚は豊富です。私の病気の薬も薬品会社が津波で流れたそうです。それで薬が変わりました。関東以北だけでなくて、近代化の一番基礎の生活ラインを、東北が支えていたんじゃないかと思います。

東北の人たちの、テレビに出てきなさるお顔や姿の存在感があること。人生の積み重ねが、圧倒的に生き様が違います。お顔に出ている。いったん何事かあれば耐える力は東北の人のほうにあると思います。消費文明と違う生活観をお持ちのように思います。だから近代の毒がたくさんその人たちのほうに行かないといいけれど、と思っています。

生命と生命の出会いが失われた

水俣は近代の毒の犠牲になりました。昔、患者さんたちといっしょに東京に座り込みに行きました。東京駅の前あたりですけれども、スズカケ並木があったんです。川本輝夫さんという人が、裁判に頼らずに、実地交渉とおっしゃっていましたけれど、「チッソと実地交渉する」、「社長に会わせてくれ」って。最初から裁判を起こした人たちも、社長に会わせてくれというのは、皆さんの念願だったんです。あれほどの大事件を起こしていて、社長が患者さんの前に出てこないんです。それを会わせてくれってなんべんも頼みに行く。

それでお願いに行くのに、ふつうの漁民の服装で行ったらば、ごろつきが来たと思われるかもしれない。「ご無礼だろうから背広ば着ていかんばいかんばい」って。それでネクタイというのが恥ずかしいので、「ネクタイコンブばぶら下げていかんばばかにされるばい」って。背広を借りるやら、ネクタイを借りるやら、そういう気持ちで、ご無礼にならんようにって行かれたんです。

「あなた方はご存じじゃないかもしれませんけれど、社長というものは大変忙しゅうございます。社長の代わりにまかり出ました」ってあいさつをするんです。それでたまりかねて私も発言して、「社長さんに会いたくて何年待たれたと思われますか」って。それで「会社の社長さんならば偉い方だから、私たちの気持ちをわかっていただけるだろうとお思いになって、十七年ぶりに来られましたんですよ。会わせてください」って言葉で加勢しました。そうしましたら、「石牟礼さん、この場所は文学的な場所ではございません。ここは契約の場所でございます」ってチッソの幹部がいうんです。重症の患者さんたちを目の前にして。品物をやりとりして、値段を駆け引きというんですか、そういう言葉を平気で使うんです。

それで泊り込むということにしました。宿舎がはじめからあるわけじゃありませんから、あとではチッソの中に泊り込みましたけれど、最初のころは地面にじかに寝ました。

生きるということについては、生命自体が洗練されていくということがあります。文化というものは、生活を洗練することです。人間と人間だけでなくて、生命と生命が出会ったときに、花も恥じらうという言葉がありますけれども、そういうものを近代化で失っていった。

患者さんたちが思っている偉い人というのは、徳の高い人という意味です。患者さんたちはそういう人に会いたかったんです。

そしてその人たちは、せっかく東京まで行ったから、「みやげ話ばなんかもって帰らんば」と、相談をしているうちに、「そうそう、宮城の前に行こう」って。「だいたい東京に行った人は宮城にも行ってきなさる」って。それでチッソの中でハンストをした川本さんのグループでしたけれど、その人たちが宮城の前まで、ついて行ったんです。これが宮城かって。二重橋っていうのが象徴的にあります。田舎には二重橋の写真が飾ってあります。それで二重橋の見えるところまで行って、「せっかく来たけん、万歳ばしていこうか」と。それで「天皇陛下万歳」と万歳三唱して、そして目に涙を浮かべて、これでみやげ話ができたと。宮城の前で万歳してきたぞって。忠良なる臣民です。

その中の一人の漁師さんはとっても体が大きくて、大食いさんでした。チッソの中でハンストしようやって決めて、一日目は無事にすんで、二日目になったら、「おらあ、ひだるか」ってひもじがって、「腹減ってたまらん」と。ハンストしようとしたわけですから。それで「おら、ハンストちゅうとの意味のわからん、ひだるかもね」って。それでみんなたちまち同情して、「あら、そうじゃろ、そうじゃろ、あんたは体が太かもんな。よかよか、あんたはもうはずれて」って。その人は東京に行くのに、体が大きいから特別大きな背広がいる。みんなで手回しして借りてきてあげた。なんというか、大変楽しい人たちなんです。

座り込んだときも、あとではチッソの中に入っちゃったんです。チッソは入られるということを予感してて、ある日、幹部たちの部屋から、チッソの人たちが突然いなくなったんです。それで患者さんたちは中に入り込んだ。家宅侵入というので逮捕されるかもわからないので、「せっかく水俣から出てきて、社長さんに会うてもらおうと思って来たばってん、社長さんのおんなはらんけん、雨の降らんところにお世話になろう」って。「廊下の片隅でようございますけれども、お世話にならせてくださいませ」ってだれかにいって。それで侵入したんじゃなくて、お世話になっているということをずっといいふらして、どのぐらいお世話になってたでしょうか、私もお世話になっていました。そうしたら学生たちがどやどやと支援に来たわけですけれども、そのとき、四、五人、チッソの中に入り込んで、逮捕直前の写真があります。

徳や義を失ってゆく現代

それから、水俣の現地にもたくさん学生たちが来ました。「道子さん、あの学生たちは大学生じゃろ、学校も行かずに来よるが、よかっじゃろか」っておっしゃって。水俣から大学に行ったもんな、谷川病院の息子さんたちぐらいだったですもの。それで「こぎゃんして水俣に来て、遊んでうっちゃったってよかっじゃろか、親御さんに申しわけなかよな」と私は患者さんたちからなんべんも言われました。加勢するっていって、ついて行くんですが。「大根の葉っぱも知らんとばい」、「草も見分けがつかんとばい」と。「学校ではたぶん教えんとですばい」って私は言いました。

一向に学校と縁のなかった、小さい時、山学校とか海学校に行ってた人たちが、故郷を守っているわけですけれど、標準語で育った世代は、自分の故郷をどう思っているのか、村の心がわからなくなったといいます。学校を出なかった人たちが思っている偉い人というのは、「徳」をいっていらっしゃると思うんです。「告発する会」が引っ張っていたときに、本田啓吉先生という高校の先生が、「義によって助太刀いたす」っておっしゃったんです。その「徳」とか「義」とかいうのをもった人を偉い人と思っているんです。そして学校でそれを教えると思っておられる。それで「水俣なんかこぎゃん貧乏人のところへ来てくれて、学校は落第させられてなかろうか」と、本気で心配しておられました。考えた果てに「落第生が行き場を失って、水俣くんだりまで来たんじゃなかろうか」とおっしゃっていました。

II

無限に延びる数への恐れ

私は、数字が入ってくると、もう一目散に逃げ出したいような気持ちがするんです。歳月でも年月でも、自分の歳でもいいけれど、ある事件を体験した年はいつだったか、とひとから聞かれると、すぐには答えが出てこない。子供のころから、数が出てくると自動制御装置が降りてきます。いまでも数が、数字が出てくるといけません。自動制御装置が途中で壊れたりしたらどうしようという気持ちになって、恐怖です。それで数が出てくると空白にしておいて、いまでも人に書き込んでもらいます。とても不便で困るんです。いま年譜を作成してくれている方がいますけれども、数をきかれると、私はおたおたして逃げだしたい。

それにははっきりした原因があって、小さい時、父親がおもしろがって数を教えてみたら、どんどん覚えて数字をいうので、毎晩のように数をかぞえさせていたんです。親というのはなんでも子供の自慢をしたがるでしょう。何か一つ覚えると、よく覚えたといってくれて、それをやらせる。字を教えると字を覚えるし。数字というのは延びていきます。それが私には大変苦痛でした。だけど、親をがっかりさせたくないし、よろこばせたいという気持ちもある。それでも私は、内心はどんどん出てくる数字と戦っているんです。四、五歳ぐらいだったと思います。

父親は焼酎を飲むのが好きで、飲みだすと、お客様がみえる時はいいけれど、そうでないときは、さらに数をかぞえてみろというんです。それでとうとうたまりかねて、どうしたらかぞえなくてすむかなと思っていました。数を覚えて、いうのが苦痛で、でも父親にほめられたいと思ってる。そのほめられたいという理由が嫌で、それでお父さんが死んでしまえば数はいわなくていいのかときいてみましたら、俺が死んでも数というのはずっと続くんだというんです。がっくりしまして、お父さんが死んでも数というのは私を追っかけてくるんだと思いました。

水俣には湯の児温泉というのがあるんです。それは海つづきに行く道と、山のほうから行く道とがありまして、その両方から母に手を引かれて行っておりました。なぜそこに行ったかというと、海辺の岩のあいだから温泉が湧いていたんです。その温泉を古くなった船の中に取り入れていた。私の家は、今でいえば道路公団のような仕事をしていたんです。道をつくる工事をしていた。祖父には使命感があって、道をつくれば海岸道路に馬車が通るようになるって。そうなれば、こっちの村からあっちの村へもっと速く往き来ができる。そしてずっと道路を延ばしていくと、それが世の中をひらく道になるんだって。まだみんな歩いていた時代ですから。

それは耳にタコができるぐらい、祖父から聞かされていました。父は、祖父の下に働きに来て、帳付けといったノートに会計を書いていく仕事をしていました。だから数に興味をもって私に数をかぞえさせていたんだろうと、これは私がひとりで思っていることです。だけど、数というのは無限にあって、ただかぞえるのは退屈です。だから合間合間にそういう話をするわけです。道路も延びていくけれども、数も延びていくって。その意味は子供なりにわかります。ひとりでは道をつくることができませんから。できるかもしれないけれども、ひとりでははかどらないでしょう。

それで、道が延びて行くのに障害物の木を切り倒し、邪魔な石を取り除いたり、そういうツルハシを使った力仕事をする人を人夫さんとも土方ともいいますけれども、そういうだいたい十代前後の若い人たちが、うちに泊まっていました。

そういう人たちを雇わなければならない。雇えばお金を払わねばならない。それも数のうちです。具体的に数をかぞえる。人数が増えればお米がいっぱいいる。ご飯を食べさせなければならないから。そういうことの一切を含めて、世の中は経済で成り立っていると。そういうことがワァッと頭に湧いてくるので、頭に入りきらんように考えなければならない。それでかぞえたくない。「無限」ということばは知りませんでしたけれど、無限を感じるんです。この世は無限であるって。それでノイローゼになってしまった。

晩ご飯の時には、若い土方の人たちが十五、六人集まって、毎晩のように宴会でした。私は、最初は仮病をつかっていたんじゃないか。父が私を膝の上に抱いて、数を確かめさせていく、それが嫌だったから。それに焼酎を飲んでる男の人の息というのは臭いんです。それで頭が痛いって仮病をつかったんです。でも、本当に頭が痛かったんです。それで軽く病んだのでは起こされそうだったので、起きられないといって、本当に熱を出してしまった。寝ていて起きてこない、ご飯も食べないものですから、親たちはびっくりして、お医者さんを呼んで診てもらいました。

そのお医者さんの家には滑稽でこわいブルドッグがいたんです。その家の前を通るとその犬がワンワンとほえる。それで飛び上がりそうにこわくて。あそこのお医者さんが犬を連れて来なさらんとよかけどと思って。ともかく知恵熱で一か月ぐらい寝込んでいました。寝ているのもさすがに退屈になりましたが、でも、父親からとんでもない課題を与えられているわけですから。

単純に1、2、3、4、5、6、7、8、9、10、それが何万何千何百何十何まで、一字ずつ増やしてかぞえていくんです。そうとう退屈です。

それで湯の児温泉の話になるけれど、土方の若い人たちは一日中働いて、汗まみれになって、汚れてしまう。それで着替えを持ってこさせていて、父と祖父はその船の中の温泉に入れて、きれいさっぱりとして帰させる。そのうちに湯の児の村の人たちが、「私たちも皆さんが上がんなさったあとでようございますけれども、いれさせてくださいませ」って言ってきて、船の中の温泉に村の人たちが入りに来るようになりました。

その事業というのは、温泉場を造るための開拓というか、海辺に温泉宿ができるように広げるんです。何軒か家を建てられるように山をちょっと取り崩して、海辺へ土をよせて。水俣は山のほうにも湯の鶴温泉というのがありますけれど、海辺にも、ここなら造れると思ったんでしょう。それでひらく事業をしていたんです。

だけど、働いていただくにはお給料を差し上げなければなりません。それで「山を売ったけれど足らん」という会話がうちで出てきた。どこかの山を売ったとか、また、どこかの山を「道に食わせた」とか言ってました。山を売って、それを資金にしたんです。人夫さんたちや、道をひらくのにはいろんな道具がいる。岩を掘り出してきて、それを石工さんたちが刻んで、石垣の形にしていく。熊本城の石垣を見ればわかると思うけれど、一つ一つ石を掘り出してきて、道をつくるというのは大変だったんです。海岸の石垣も造るわけです。きちんと造らなければ、引いたり満ちたりする波が持っていってしまいますから。

それで父は、加藤清正が造ったその石垣がとても立派にできているって、加藤清正を大変尊敬していた。加藤清正はお城だけでなくて、熊本県の農業道路を大変立派につくっている。

それで、「山をもういくつも食わせた」って。いま二つめ、三つめ、四つめといって、「道に食わせてしもうて、うちの山はなくなるが」という心配も、家族の話の中に出てくるんです。それでうちは本家で松太郎様（まったろうさま）という人が祖父でしたから、親類たちが天草から来て、「松太郎様の道路道楽」と。「道楽で道づくりしよる、松太郎様は」と。「そのお蔭で山を道に食わせてしもうた」と。で、最後の山が残ったんです。それはたくさんの石でなっている山でした。うちは石がいるでしょう。こういう仕事ばかりじゃなくて、石碑とか鳥居とか、獅子頭みたいなのが神社にあるでしょう。ああいうのを彫刻する石工さんもいて、うちに来るんです。そんなのをたくさん造って、それから墓碑の石も造る。それで、石工を養成する家でもあったんです。

それで「山を道に食わせる」ってどういうことかなと思って、おとなたちの会話には入らないんだけれど聞いている。それで最初のころは、馬車を通すために、先へ進むようにひらくために道ができる。そうするとその道が鎌首のようになって山を食べていくのかなと思った。子供ですから、その工事の現場は知らないわけです。それで「山がなくなる、山がなくなる」って親類たちが来ていうんです。松太郎様のお姉さんの婆様《ばばさま》たちがやって来て、「松太郎は小さい時から総領（長男）に生まれて、親がぜいたくばっかりさせたもので、家伝来の山でもなんでも道に食わせてしもうて、道路道楽ばっかりする」って非難して怒るんです。

知りえないことからの虚無感

それから、当時はその道路工事にもうダイナマイトを使いはじめていたんです。海岸道路を主にやっていましたから、ずっと掘っていくと大きな石があったりして、ダイナマイトを使ったんでしょう。

ある日、家の中が大変あわただしくなったことがありました。私をとてもかわいがっていたお兄ちゃんが仰向けになって、血だらけになって担架に乗せられて、運ばれてきたんです。それでお医者さんが駆けつけてきた。そして赤い血は広がっているけれども、その中に黒い血が流れていて、それで、「あ、黒か血が出とる」ってみんなで覗き込んで大騒ぎしている。これは静脈から出てきた血に違いない、これは大変だといって。どこを怪我したのか、子供ですからわからない、そういうショッキングなことがありました。幸い命に別状はなくて、入院させてもらって、すっかりよくなりました。

その当時、怪我をしたお兄ちゃんの治療費はどのぐらいかかるだろうかと、みんなでひそひそ話していて、親が心配すると私も、うちにお金はあっとだろうかと思って心配しました。そういう時のお金と、ただ父親がかぞえさせるというのは、なんだか質が違うんです。切実感というのか、ただかぞえるというのが遊びだったような気がして。ともかく数を考えるというのは嫌だなぁと、そのお兄ちゃんが怪我をした時に思いました。

その人は球磨《くま》川沿いの出身の人で、あとで夏休みに私を自分の家に連れていってくれました。その家に妹がいたんです。夏だったから、その妹に球磨川に泳ぎに連れていかれた。私は海や河口の水俣川では泳ぎつけていたんです。それでそんなところで泳いでいるって親は知らない。着物は傍らの藪に脱ぎ捨てて、ひと休みして髪の毛が乾いてから家に帰っていたけれど、このへんがピカピカしているからわかる。それで怒られていました。

その妹が、「この球磨川は三大急流といって日本で一番速か川ぞ」って自慢するんです。泳いでみたら、水俣川で泳ぐ感じと違う。川の底へ引きずり込まれるような、体がとても重いんです。それでどうしてだろうかと思った。日本で一番と自慢されるとなんだか子供心に悔しくなる。私も何か自慢したいと思っていろいろ考えて思いついたのが、私の出た小学校が県下で一番人数が多いこと。それで「熊本県で一番人数の多い学校ばい」と。だけどあんまり自慢したことにならない。日本一というのと、熊本県で一番というのと違うでしょう。それで水俣で自慢するのは何かないかなと思ったら会社がある。会社ってチッソのことです。「水俣には会社があるばい。ここにはなかろう」っていった。でも会社というのがどういうものか相手にわからない。それで「やったー」と思った。あとでチッソと変な関係になっていきますけれど、その時は自慢した。

だけど、なんとなく欲求不満が残りました。「日本にはなかじゃろう、ほかには」って言って自慢したりするのが大変虚しくなった。根拠がないですから。相手も三大急流といいながら日本で一番といっているわけだから、そこにはフィクションが入ってくる。そして私も自慢はしたけれども、その会社が何者であるかというのを説明できない。それで大変虚しいことを二人で自慢しあっていることに気がついて、一種の虚無感を味わいました。

その虚無感というのは、生まれてから、いたるところにくっついてくるんです。無限ということと、ある異質なものにたいして自分は無知であるほかないという。学校の授業の時に、先生が「これをどう思うか」と質問をなさるでしょう。「わかった人、手をあげなさい」って。それまでは、すぐ「はい、はい、はい」といって手をあげていたけれど、それが嫌になって、手をあげなくなった。それでなんとなく憂鬱な子になった。通信簿に先生から「なぜかこのごろ子供らしくなくなった」と書かれていた。

成績が下がったわけじゃないんだけれど、何かこの世は考えるといかんなと思ったんです。考えると必ず無限というのが出てくる。果てがわからない。で、地球の果てというのがわからない。地球ということばはまだ知りませんでしたけれども。

大所帯で支えた道づくり

道というのを世の中ひらきはじめといって、その一番起点のところからわが家も出発するんだけれど、ついに破産します。人夫さんに払うお金は、最後の山を売ってやっと作ることができて、事業をやめたんです。

わが家には諸道具といって、土方の家に必要なレールとか、トロッコとか、鉄の鎖（チェーン）とか、石を抱えるのにふつうの縄では切れて抱えられませんから、鉄で作った鎖で長いのがありました。それを輪にしてあるんです。小さな輪をつないでいって、大きな輪を作って、それで石を引っかけて、大きな天秤棒で男の人たちが四人がかりで、前に二人、後ろに二人の四人で、「よいしょ」といって、その石垣に使う石の一つを抱えて運ぶ。そしてソリに乗せて牛が引いていくんです。地面をすべっていく木の車です。トラックもありませんし、チェーンとか、いまのクレーンのようなのもまだありません。道をつくるというのも大変だった。

　朝起きると家の中はもうもうと湯気が立っていて、土方のお兄ちゃんたちが朝飯を食べている。片脇で近所のおばさんたちにお願いして、弁当をつめているんです。四合弁当といって、輪っかの、楕円形の竹を広げて干した素材で作った弁当箱がありました。その弁当箱におばさんたちが大きなおしゃもじですくって、押して入れて、上から押さえて、山盛りにしてお弁当を作っているんです。上にはお味噌やお漬物などを三種類ぐらい直かに乗せて、焼いたイワシは必ず乗っていた。さくら干しといって、イワシを開いて焼いて、砂糖醤油をつけて干して、それも全部手仕事。それをおかずにしていっぱい押しつめて、お兄ちゃんたちに渡すんです。

　それがお昼の一人分で、「うんと働いておいでよ」と言って持たせていた。一度に四合食べる。それくらい激しい労働で、お米もたくさんいるんです。それで、いよいよ事業をおしまいにした時のことを「うちは没落してよかった。あんな大所帯を賄うのは、私はきつかった」と母は言っていました。

書くことであらゆる出来事がつながる

そのころチッソのそばに住んでいました。田んぼの中にできた栄町という町だった。栄えるようにという名前をつけていたんです。けれども、その町もやっぱり栄枯盛衰というか、栄える家もあるし、没落する家もある。また新しい家が来て町の一員に加わるし、栄えたり衰えたりする家々も出てくる。いまも栄町というのはチッソのそばにありますけれど、寂しい、いかにも衰弱していく町みたいに見えます。母はまだ二十代で家のお台所を任されて、おばさんたちが加勢に来るけれども、最後の判断はなんでも母がしなければいけない。それで、母にはお台所を仕切ることができなかったんです。それで「ホッとした、つぶれてよかった」って言っていました。それから極貧の生活になるんだけれど、貧乏を楽しんでいるようなところがありました。

しかし、後遺症として私の中に数字が残っている。先生から学校でほめられたりするとなんだか傷つくんです。私は秘密をもったような気持ちになっていた。成績がいくらよくても、いつか行きづまる時がくるに違いないと思った。なんでも百パーセント無限に、自分が発育するというか、立派な大人になるのは無理だと思って、大人になるのが嫌でした。大人になるといろいろ考えなければいけない。しかし、いくら考えても、あるところまでいったら挫折するという予兆を感じた。先生たちにほめられると、しゅんとなって、ちっともよろこばない子供になった。

けれども、綴り方を書くのは大好きで、目の前にあることを書きたくて、書いていました。鐘が鳴ってもまだ書いていた。「もう終わったよ、吉田君（旧姓）」って言って、とてもかわいがってくださった先生はいましたけれど、それでもまだ書きたい。いろいろ考えていることはばらばらだけれど、それらはどっかでつながって全体をなすはず。この世のなかで落ちつかないのはなぜかというのが、書いていると少しずつつながっていく気がするんです。目の前に風景として見えている町の様子とか、人の声とか、ことばとか、栄町で起きるあらゆる出来事が、文章に書くとつながって立体的になってくる。それで書いてみたいと思って、書きはじめたんです。

でも、何年何月に生まれたとか、あの事件は何年何月に起きたかとか、当然、数字を考えなければならない。考えなくても頭に入っていなければならないのに、数字が出てくると、なぜか入らない。出てくるなと思うと、気持ちのなかでもう逃げる姿勢になる。それで出来事は憶えていますけれど、それが何年何月だったかというのはもう考える前から排除して、どこかに隠してしまっているんです。

それでも書いている時、そこが抜けると困ります。そうか、人にきけばいいんだと。すぐ、だれにきこうかなと思う。

私は『熊本日日新聞』の記事とかを切り抜きしたがるんです。新聞には何年何月というのが書いてあるに違いないと思うので。とくに水俣病関係の記事なんかになると。だけど、一度も読み返さない。いざ、書かなければならない時になってくると、来た人にすぐたずねる。そういう時に来た人は災難です。最近はもう切り抜きをして貼るのが、手が不自由になりましたからほったらかしで。それで渡辺さんのお机のところにそうっともっていっておくと、切り抜きをたくさん貼ってくださるんです。それを見ると申しわけなくて。いま平成二十三年ですか。この前、だれかからきいた。今度は忘れないようにしないといけない。昭和天皇が亡くなったのも二十三年前ですか。二十二年前かな。

あらゆる毒物について調べてほしい

ところで、この地上でかぞえられうるかぎりの毒物を調べて、何に、どういうふうに使われているかというのを、ぜひ映像でやってください。そしてそれは全部海にいくんだということを。そういうのを統計取るのが上手な人がいる。まずどういう毒物がいま地上に氾濫しているのか、きちんと出して公表しなければだめです。海をたんなる風物としてだけ、叙情的にばかりではとらえられなくなりました。

漠然とみんな感じているけれども統計を取らない。なぜかというと、こわいんだと思います。怖れずに正視することです。地球上は、あるいは地域はどうなっているのか見極めることです。いまこうやって話している間にも毒物は移動しています。口から入るものと、皮膚から入るものと、それから考え方が魂を犯している。みんなが鈍感になったとき、どういうことになるか。いままで鈍感であったのがヒステリックにならざるをえないです、私も含めて。それで

毒死列島身悶えしつつ野辺の花

というとても過激な俳句を作ってしまったんです。

食物連鎖ということばがあります。これは有機水銀にたいして、研究者たちがいわれた。一番小さなプランクトンみたいなものを、アミという小さなエビの種類が食べる。食べたときにはほんのちょっとした毒だったのが、今度はそれをエビが食べて、毒が何十倍かになって増えていく。その次にイワシのようなのが食べて、さらに増える。そして大きい魚を人間が食べて、人間の中に蓄積される。それでいままで通過しないと思われていた胎盤の中にもそれが入っていって、胎児性患者が生まれてしまった。

どういう比重で毒物が増えていくか。その毒物も単純な毒物ではありませんから。私たち素人が考えても、口から入るのと、皮膚から入るのと、空気から入るのと。それは人体ばかりでなくて、植物にも作用すると思う。ある農家が、少数の農家じゃないと思われますが、じゃぶじゃぶとイチゴに農薬をかける。そうしないと商品価値がない。市場ではそういうイチゴに高い値段がつく。あぶないということは農家ではわかっているから、ご自分の家用には農薬をかけないイチゴを作る。そういうのを全部、みんなで調べたらいいと思います。ただ不安がっていないで。じっとしていても不安ですから。

「お米様」への祈り

われわれは、何かに向けて祈ります。それで「祈るべき天とおもえど天の病む」って俳句を昔作りました。「天」というのはなんだろうと思うんです。端的にいえば宇宙ですけれども。私たちが何かをする時は答を期待しています、ともすると見返りを期待している。お祈りすればお返しがあるだろうと思っているにちがいない。けれども、なんのお返しも期待しないで私たちを見守っている運命の神様みたいなものを、どこかで信じているのではないかと思います。運命を司る神様を期待しているんだろうと思います。

お百姓さんというのは、いまは農薬ができたり、田植えの新しい機械ができたり、収穫する時の機械ができたりして大変便利になりました。私の若い時の農作業とはずいぶん違って、楽になってきていると思うんです。田の草を取る時も、田んぼには水が張ってありますから、有害な草、稲の生長を邪魔する草が水の中にいっぱいあります。それを両手で取っていると腰が痛くて痛くて。私は丈夫なほうではないので、母と比べたら三分の一も進まない。それで後には腰を曲げるのが耐えがたくて、私は泥水の中に四つんばいになって、泳ぐようにして草を取っていました。

で、上がってみるとヒルがぶらさがっていたりするんです。ヒルの好きな人っていないでしょうけれど、とても気味が悪い。なんかにょろっとして、取り付いて血を吸っているんです。そしてはずそうと思ってもさわるのが気持ちが悪い。それで、「ヒルがおった、ヒルがおった、取って」と言って、母に取ってもらっていましたけれど、吸いついていてなかなか離れないんです。やっと引き離すと、だらーっと血が流れている。そういう田んぼで田の草を、一番草、二番草、三番草まで取っていました。

そのうちに稲が生長して、水がだんだん減ってきて、実ってきて、稲の花が咲くようになるんです。朝から田の面いっぱいに稲の花の匂いがすると、無事に実がついたということですから、その稲のかおりが村じゅうに漂っている。その時は大変うれしくて、「ああ、稲の花がかおる、かおる」と思って。そういう時は、『古事記』に書いてある「豊葦原《とよあしはら》の瑞穂《みずほ》の国」ということばが大変詩的で美しいと思った。私たちの先祖はこういう感じをもって田を作ってきたんだなと。一粒の稲からあんなにたくさんの稲穂が出てるということに、とても感動しておりました。米という字は形の通り「百姓の苦労が八十八へんもかかっている、お米様とゆえ」と父が言っておりました。

できたお米にたいしてありがとうございますというようなのも、一番素朴な祈りだと思うんです。縄文時代から私たちはいろいろ苦労して生きてきて、いま、なんだかとてもぜいたくな生活をしています。ご先祖に感謝するどころか、「使い捨て文化」なんてことばでそれがいいみたいに、生産性が上がっているみたいに思いますけれども、とんでもないと思う。

「悶えてなりと加勢する」

庶民のあいだでは、何か事が起きると、たとえば、隣近所の子供がけんかをして大怪我をしたとか、どこからか落ちて大怪我をしたとか、何か日常にない異変が起きると、何はともあれ駆けつけて、お世話をするというのが、村の人たちの人情でした。手当てをする、お見舞いをする、具体的なお手伝いをする。「悶えて加勢する」ということばがあって、自分に関係なくても、ある家に災難が起きたら駆けつけて、お見舞いを申し上げるということがふつうの人情だったんです。ところが、チッソの社長は偉い人だから、「いまは忙しくてお目にかかっていられない」と。「いつかお見舞いに行きますけれど、いまは行かれない」と。そういうお返事がなんべんもあって、原因がチッソだとわかった後も長くつづきました。

悶えて加勢しても実際に怪我がよくなるわけでもないし、病気がよくなるわけでもない。とんでもない事故がちゃんと治まるわけでもない。けれども、「悶えてなりと加勢する」ということばがあったんです。それにはなんの計算もない。ただいっしょになって、その人といっしょに苦しみをともにするしかないというのが、ふつうの人情だったんです。祈るということは、そういうことだと私は思うんです。

水俣病は治療法がありません。とくに胎児性で生まれた方がたは生まれながら、ふつうには生きられない方がたです。お箸の持ち方一つにしても、おつゆのお茶碗の持ち方一つにしても、私もいま似たようなパーキンソンという病気になっていて、ご飯粒をお箸の先に乗っけられなくて、落ちてしまう。ともかくお箸がストンと落ちたり、ペンがストンと落ちたりして、不自由なんです。歩くのも不自由。水俣病でそういう日常の不自由さを耐え忍んで生きておられる方がたがたくさんいらっしゃる。一日を生きるというのが、どういうふうにつらいのか、健康体の人にはわかりません。また実際、そのことをあざ笑ったりする人たちもいます。それで偽患者といったり、奇病御殿を建てたとかといったり、そういう人も実際いるんです。

私たちが祈るときは、そういうひとりの患者さんの一生とはいわない、一日分でもいい、思っていただきたい、思いをよせていただきたい。傍から見れば悶えてなりと加勢してほしい。苦しんでいる魂に寄り添っていただきたい。それだけでどれだけ助かるか。そういうことが祈りだと思うんです。悶えて加勢していただくということには打算がない。そのことで、どんなに寂しさがやわらぐか、つらさがやわらぐか。患者さんたちはそういうことを念願して、会社の偉い人ならばそれをわかっていただけるだろうと、思ってこられました。

それで、会社の方から、一言でいいんです、「苦労なさいましたねぇ」って。「いままで気がつきませんでした。ご苦労なさいましたねぇ」って、それだけでいいんです。そうおっしゃってくださると、どんなに癒されるでしょうか。癒される場所がない。

死んだ後の世に希望がある

大方の人がもう祈らなくなりました。この現代で祈る人ってどういう人かと思うんです。今、この島国の農民というのを考えて、島原の乱を書いているんです。お百姓さんたちというのは、いまの労働は違ってきましたけれど、肉体的な意味も含めて、人間が代々背負ってきた苦しみを、ずっと受け継いできた、人生の荷物を背負ってきた人たちだと思うんです。

島原の乱でキリシタンの人たちがうたっている「歌オラショ」の「パライソ」という天国、それから「後生を願いに行く」ということばがいまも私の母たちの世代にはあるんです。お寺にまいることを、いまの世ではない、生まれ変わった後の世である、後生を願いに行くって言っていました。それから「来世」ということばがあります。それは現世に絶望した人たちの考えだしたことばです。現世にはいいことはないんだ、という考え方が前提にあります。死んだ後の世の中に何か希望がある、という言い方がふつうにあります。

それで、後生という二、三日前に作った俳句です。花御飯《はなまんま》というのは私が作りだしたことばで、おままごとのことばです。女の子たちはお花をたくさん拾い集めるでしょう。何するのかというと、花でまんまを作る、ご飯を作る。お客様が来ると、小さな小皿に入れて差し出して、お客様ごっこをする。

来世にて逢わむ君かも花御飯

生まれ変わったらあの人に会いたいものだ、その時は花御飯をさしあげましょう。これは四、五歳ぐらいの女の子が、「来世にて逢わむ君かも」、この次に生まれたときに会いたい、恋しい人。逢ったら来世に花御飯を用意してさしあげますという、ままごとの歌。

来世への草の小径は花あかり

闇の中に草の小径が見える。その小径の向こうのほうに花が一輪見えている。来世への道は遠いという。これを光としてもいい、これは花がついているけれど、あかり。

こういう光景の中に、お百姓さんたちが前世からいただいてきた荷物を背負って、前かがみに行きよんなさる。これは今度作る能の中に、そういうお百姓さんたちがなぜ一揆を起こしたかと書いていています。幕府のほうはキリスト教を禁じているのに信じたので罰する。なんというけしからんことかと。それで無残な刑罰を科して、お百姓さんたちを殺すんです。それでもお百姓さんたちは、ご先祖様も果たせなかった、親の親も果たせなかった、直接の両親も果たせなかった、自分も果たせなかった荷物を、来世に着けば下ろしてよかろうかと思って、草の小径のなかを、向こうに花あかりが見えるから、それをめざして行きよんなさるという意味です。

光とは、私にとってそんなものです。患者さんたちが水俣病を自分たちが病みなおすとおっしゃるのも、そういうことです。それはもう生きた人間のことばじゃないです。仏様の、菩薩様のことばのように聞こえます。

名もわからぬ土まんじゅうへの鎮魂

ところで、先の一揆方は数だけしか書いてない。一人一人、その名前をつけるには、この子が幸せになるようにと、どんなに親が念願したことでしょう。名前を持っていたのに、残っていないんです。

それで私は、クマンバチというおかしな名前をつけた。親、きょうだい、じいちゃん、ばあちゃんが、孫が生まれたら大変よろこんで、集まって、祝いもしただろうけれど、そういう人たちの名前はいっさい残っていない。十人ばかり名前をつけました。だれひとり無名の人はいなかった。それは死んだ人たちを、ボロ布でも引き破って捨てたようなあつかいです。私も天草の生まれですから、それでいいのかと思って。私は生き残ったものたちの子孫だと思っていますので、名前なりとつけてあげにゃと思った。それで「天草四郎」では、そういう場面を作ったんです。それでおかしげな名前の人もおって、この世に生きてるあいだは、周りをよろこばせたりしていたに違いないって書きました。

それは私の自己満足かもしれない。だけど、それをせずにはいられない。魂が鎮まったという証拠もない。けれども、一代や二代の考えではありません。ずっと私にも先祖がいたわけだし、どういう先祖がいたかはわかりませんけれども、鎮魂の思いはあります。そして天草は流人の島だったんです。都で罪を犯した人は、罪が有罪か無罪かを問わず、裁判にかけられたら、自分の故郷を追われて流されてしまう。八丈島や天草は流される土地だった。もちろん、自分の家には帰れないし、だいたい京都界隈の貴族、坊様、そして泥棒、殺人者もいた。

その人たちは自分の本名も、島の人たちに明かせない。私の先祖にも泥棒が、殺人者がいたかもしれない。囚人の島で、そこに流された人たちは、自分の家へ帰ることも、便りを出すこともできない。どこかに家族はいたかもしれないけれども、家族のほうから手紙を書くこともできない。それでたいがい島の人たちと仲よくなって、晩年をおくって、天草で死んだと思うんです。そういう人たちは墓も立ててあげることができない。でも、その中に身内の人はだれひとりいないのに、土の中に埋めてもらって、最期を村の人たちの合掌で終わられた他国の人がいたわけです。土《ど》まんじゅうで、名前もわからない。そういう人たちの墓がたくさんあるんです。

お盆のころになると、お墓掃除に村の人たちが行く。そうすると、ご自分の家の墓のそばに、だれの墓かわからない、流されてきた人のお墓があります。ちょっと土が高く盛ってあって、そこの下にはどなたか掘って埋けてある。私が先祖の墓を掘りあげに行った時に、土まんじゅうがありましたから、「これはどなた様のお墓でしょうか」って、ついおたずねしたんです。そうしましたら、墓掃除に来ていた人たちが「どなたかわかりませんばってん、ひと様のお墓でございます」とおっしゃいました。流されてきた人のお墓なんです。「ひと様」ということばはじつに美しく耳に響きまして、何か人間の心のかすかなともしびを見たような気持ちになりました。私たちが生きていく途中で、前途にごくたまに感じる光というか、来世の、まだこない世の中の花あかりを見たような気がいたしております。草を取ってあげて、そして自分の家のお墓にあげたお花の残りを土につきさして、拝んでおられました。天草ってそういうところです。

どこのどなたかわからない、前世のことも今生のこともわからない。けれども、お参りをする人がいる。ひと様のお墓といって、お花を地面につきさして、お花も花のついたものでなくて葉っぱ、アオシバといいますけれども、そういうお花を捧げる人がいてくださる。そうすると鎮魂になるんじゃないでしょうか。

遠い花あかりを目ざして

考えてみれば、私も一生不安だったような気がいたします。いまも不安だらけです。何をなすべきかってひと様にいえるようなことは何一つありません。ひと様にいう前に自分が何か実行することです。人間は有限で、地球も、宇宙も有限だろうと私は思っています。いますぐではないけれども、先々、人間は自滅する要素ももっている。

でも、私は元祖細胞のところへ行ってきましたから、もう一つ夢みたりもします。遺伝子を誕生させて、人工授精で生まれた人間です。自分の先祖のこととか、未来の子供のこととか、考える能力のあるクローン人間だとしたら、なにか働いてもらおうじゃないかと思う。そして特別な人間として、本当の意味の遺伝子の中の遺伝子というか、天才を作りだすことができれば。しかし、それは独裁者になりはしないかとか、心配ですけれど、可能性としてはあるかなと思ってます。知的万能人間、そういうことを夢みたりします。

それから、先の俳句の、草の小径というのは、ほのあかりの中にかすかに見える。ずっと手前のほうからはじまって、遠いところへいくほど直線ではなくて、曲線が大きくなっていく。来世というのは大変遠い。野中の道は草だけの道です。人家は一軒もありません。そこに重い荷物を背負った人類の、もう人間の形になった人間が、うつむき加減に遠い花あかりをめざして、来世への道を歩きよるという、そういう野中の道ってあるかしら。朝になれば、野原全体が露で浄化されているような道です。都市文明ではない。

宇宙から見たら日本列島が見えたと、このごろ言っている。東京あたりにはあかりがいっぱいついている。それで日本列島だとわかるという。そういう日本ではなくて、一輪の花がぼうっと見えている草々の小径、その花あかりです。花であるような星であるような。人間の苦労を象徴するようなあかりです、人間というよりも生命です。生命たちの中の生命があかりになっている。重い荷を担いで、背中に乗せられて、ほのあかりの中、遠い遠いところへいく野道が見えている。そういう闇です。真っ暗ではなくて。そういうのを見たいというのが私の希望です。

編集後記

二〇〇六年七月、小社では映像作品『海霊の宮――石牟礼道子の世界』を完成した。「人と作品」という視点で、おおむね時系列的にシナリオを構成し、石牟礼道子さんの全体像を大きく鳥瞰した作品である。この作品は、東京、熊本、水俣で上映され、多くの人から好評をいただいた。だが、この作品完成後も、石牟礼さんの文学活動は病身をおして活発に続けられた。

二〇一〇年春、石牟礼さんは齢八十三を迎えたが、前年夏に自宅で転倒し複雑骨折され、その時の記憶を喪失されたという石牟礼さんのことばを、可能な限り記録に留めることを決めた。石牟礼さんの今の思いを語っていただき、それを映像にも撮るという企画である。いみじくも石牟礼さんの誕生日3・11に、三陸沖に未曾有の大地震と大津波が襲った。あの東日本大震災をはさんで、足かけ二年にわたり記録の日が続いた。

完成した映画『花の億土へ』(二〇一四年二月熊本で初公開)は、金大偉氏や編集部が聞き取ったその語りの精髄を凝縮して編集したものであるが、約二十時間にわたる膨大な撮影のなかで語られた珠玉のことばの数々を、余すところなく収録したのが本書である。石牟礼道子さんの最後のメッセージの第一弾として、読者の方々にお読みいただければ幸いである。

藤原書店編集部

著者紹介

石牟礼道子（いしむれ・みちこ）
1927年、熊本県天草郡に生れる。詩人。作家。
1969年に公刊された『苦海浄土――わが水俣病』は、文明の病としての水俣病を描いた作品で注目される。1973年マグサイサイ賞、1986年西日本文化賞、1993年『十六夜橋』で紫式部文学賞、2001年度朝日賞、『はにかみの国――石牟礼道子全詩集』で2002年度芸術選奨文部科学大臣賞を受賞する。2002年から、新作能「不知火」が東京、熊本、水俣で上演され、話題を呼ぶ。石牟礼道子の世界を描いた映像作品「海霊の宮」（2006年）、「花の億土へ」（2013年）が金大偉監督により作られる。
『石牟礼道子全集　不知火』（全17巻・別巻1）が2004年4月から藤原書店より刊行され、2013年全17巻が完結する。またこの間に『石牟礼道子・詩文コレクション』（全7巻）が刊行される。2014年、初の自伝『葭の渚』（藤原書店）刊行。

花《はな》の億土《おくど》へ

2014年3月30日　初版第1刷発行©

著　者　石牟礼道子

発行者　藤原良雄

発行所　株式会社 藤原書店

〒162-0041　東京都新宿区早稲田鶴巻町523
電　話　03（5272）0301
FAX　03（5272）0450
振　替　00160‐4‐17013
info@fujiwara-shoten.co.jp

印刷・製本　中央精版印刷

落丁本・乱丁本はお取替えいたします
定価はカバーに表示してあります

Printed in Japan
ISBN978-4-89434-960-5

❸ **苦海浄土** ほか　第３部 天の魚　関連エッセイ・対談・インタビュー
「苦海浄土」三部作の完結！　解説・加藤登紀子
608 頁　6500 円　◇978-4-89434-384-9（第 1 回配本／ 2004 年 4 月刊）

❹ **椿の海の記** ほか　エッセイ 1969-1970　解説・金石範
592 頁　6500 円　◇978-4-89434-424-2（第 4 回配本／ 2004 年 11 月刊）

❺ **西南役伝説** ほか　エッセイ 1971-1972　解説・佐野眞一
544 頁　6500 円　◇978-4-89434-405-1（第 3 回配本／ 2004 年 9 月刊）

❻ **常世の樹・あやはべるの島へ** ほか　エッセイ 1973-1974　解説・今福龍太
608 頁　8500 円　◇978-4-89434-550-8（第 11 回配本／ 2006 年 12 月刊）

❼ **あやとりの記** ほか　エッセイ 1975　解説・鶴見俊輔
576 頁　8500 円　◇978-4-89434-440-2（第 6 回配本／ 2005 年 3 月刊）

❽ **おえん遊行** ほか　エッセイ 1976-1978　解説・赤坂憲雄
528 頁　8500 円　◇978-4-89434-432-7（第 5 回配本／ 2005 年 1 月刊）

❾ **十六夜橋** ほか　エッセイ 1979-1980　解説・志村ふくみ
576 頁　8500 円　◇978-4-89434-515-7（第 10 回配本／ 2006 年 5 月刊）

❿ **食べごしらえ おままごと** ほか　エッセイ 1981-1987　解説・永六輔
640 頁　8500 円　◇978-4-89434-496-9（第 9 回配本／ 2006 年 1 月刊）

⓫ **水はみどろの宮** ほか　エッセイ 1988-1993　解説・伊藤比呂美
672 頁　8500 円　◇978-4-89434-469-3（第 8 回配本／ 2005 年 8 月刊）

⓬ **天　湖** ほか　エッセイ 1994　解説・町田康
520 頁　8500 円　◇978-4-89434-450-1（第 7 回配本／ 2005 年 5 月刊）

⓭ **春の城** ほか　解説・河瀬直美
784 頁　8500 円　◇978-4-89434-584-3（第 12 回配本／ 2007 年 10 月刊）

⓮ **短篇小説・批評**　エッセイ 1995　解説・三砂ちづる
608 頁　8500 円　◇978-4-89434-659-8（第 13 回配本／ 2008 年 11 月刊）

⓯ **全詩歌句集** ほか　エッセイ 1996-1998　解説・水原紫苑
592 頁　8500 円　◇978-4-89434-847-9（第 14 回配本／ 2012 年 3 月刊）

⓰ **新作 能・狂言・歌謡** ほか　エッセイ 1999-2000　解説・土屋恵一郎
758 頁　8500 円　◇978-4-89434-897-4（第 16 回配本／ 2013 年 2 月刊）

⓱ **詩人・高群逸枝**　エッセイ 2001-2002　解説・臼井隆一郎
602 頁　8500 円　◇978-4-89434-857-8（第 15 回配本／ 2012 年 7 月刊）

別巻 **自　伝**　〔附〕著作リスト、著者年譜　（次回配本）

*白抜き数字は既刊

〝鎮魂〟の文学の誕生

「石牟礼道子全集・不知火」プレ企画

不知火《しらぬひ》

〔石牟礼道子のコスモロジー〕

石牟礼道子・渡辺京二
大岡信・イリイチほか

インタビュー、新作能、童話、エッセイの他、石牟礼文学のエッセンスと、気鋭の作家らによる石牟礼論を集成し、近代日本文学史上、初めて民衆の日常的・神話的世界の美しさを描いた詩人の全体像に迫る。

菊大並製　二六四頁　二二〇〇円
（二〇〇四年二月刊）
◇978-4-89434-358-0

『苦海浄土』三部作の核心

〈新版〉神々の村

『苦海浄土』第二部

石牟礼道子

第一部『苦海浄土』、第三部『天の魚』に続き、四十年の歳月を経て完成。『第二部』はいっそう深い世界へ降りてゆく。それはもはや裁判とも告発とも関係のない基層の民俗世界、作者自身の言葉を借りれば『時の流れの表に出て、しかとは自分を主張したことがないゆえに、探し出されたこともない精神の秘境』である」(**解説=渡辺京二氏**)

四六並製　四〇八頁　**一八〇〇円**
(二〇一四年二月刊)
◇978-4-89434-958-2

高群逸枝と石牟礼道子をつなぐもの

最後の人　詩人 高群逸枝

石牟礼道子

世界に先駆け「女性史」の金字塔を打ち立てた高群逸枝と、人類の到達した近代に警鐘を鳴らした世界文学(『苦海浄土』)を作った石牟礼道子をつなぐものとは。『高群逸枝雑誌』連載の表題作と未発表の「森の家日記」、最新インタビュー、関連年譜を収録!

口絵八頁
四六上製　四八〇頁　**三六〇〇円**
(二〇一二年一〇月刊)
◇978-4-89434-877-6

石牟礼道子はいかにして石牟礼道子になったか?

葭《よし》の渚　石牟礼道子自伝

石牟礼道子

無限の生命を生む美しい不知火海と心優しい人々に育まれた幼年期から、農村の崩壊と近代化を目の当たりにする中で、高群逸枝と出会い、水俣病を世界史的事件ととらえ『苦海浄土』を執筆するころまでの記憶をたどる。『熊本日日新聞』大好評連載、待望の単行本化。失われゆくものを見つめながら「近代とは何か」を描き出す白眉の自伝!

四六上製　四〇〇頁　**二二〇〇円**
(二〇一四年一月刊)
◇978-4-89434-940-7

石牟礼道子を一〇五人が浮き彫りにする!

花を奉る

(石牟礼道子の時空)

池澤夏樹/伊藤比呂美/加藤登紀子/河合隼雄/河瀬直美/金時鐘/金石範/佐野眞一/志村ふくみ/白川静/瀬戸内寂聴/多田富雄/鶴見和子/鶴見俊輔/町田康/原田正純/藤原新也/松岡正剛/渡辺京二ほか　**口絵八頁**

四六上製布クロス装貼函入
六二四頁　**六五〇〇円**
(二〇一三年六月刊)
◇978-4-89434-923-0

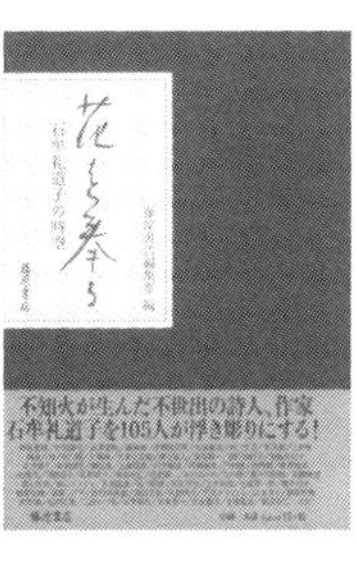

短歌が支えた生の軌跡

歌集 回生

鶴見和子

序＝佐佐木由幾

一九九五年一二月二四日、脳出血で斃れたその夜から、半世紀ぶりに迸り出た短歌一四五首。左半身麻痺を抱えた著者の「回生」の足跡を内面から克明に描き、リハビリテーション途上にある全ての人に力を与える短歌の数々を収め、生命とは、ことばとは何かを深く問いかける伝説の書。

菊変上製　一二〇頁　**二八〇〇円**（二〇〇一年六月刊）

◇978-4-89434-239-2

『回生』に続く待望の第三歌集

歌集 花道

鶴見和子

「短歌は究極の思想表現の方法である。」――大反響を呼んだ半世紀ぶりの歌集『回生』から三年、きもの・おどりなど生涯を貫く文化的素養と、国境を越えて展開されてきた学問的蓄積が、脳出血後のリハビリテーション生活の中で見事に結びつき、美しく結晶した、待望の第三歌集。

菊上製　一三六頁　**二八〇〇円**（二〇〇〇年二月刊）

◇978-4-89434-165-4

最も充実をみせた最終歌集

歌集 山姥

鶴見和子

序＝鶴見俊輔　解説＝佐佐木幸綱

脳出血で斃れた瞬間に、歌が噴き上げた――片身麻痺となりながらも短歌を支えに歩んできた、鶴見和子の〝回生〟の十年。『虹』『回生』『花道』に続き、最晩年の作をまとめた最終歌集。

菊上製　三二八頁　**四六〇〇円**（二〇〇七年一〇月刊）

◇978-4-89434-582-9

限定愛蔵版　**三百部限定**

布クロス装貼函入豪華製本

口絵写真八頁／しおり付　八八〇〇円（二〇〇七年一一月刊）

◇978-4-89434-588-1

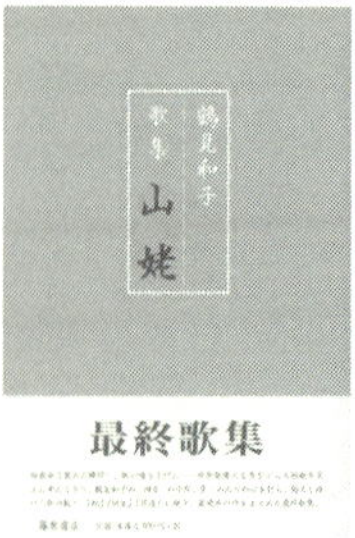

最後のメッセージ

遺言

〈斃《たお》れてのち元《はじ》まる〉

鶴見和子

近代化論を乗り超えるべく提唱した〝内発的発展論〟。〝異なるものが異なるままに〟ともに生きるあり方を〝南方曼荼羅〟として読み解く――強者―弱者、中心―周縁、異物排除の現状と果敢に闘い、私たちがめざす社会の全く独自な未来像を描いた、稀有な思想家の最後のメッセージ。

四六上製　二二四頁　**二二〇〇円**（二〇〇七年一月刊）

◇978-4-89434-556-0

石牟礼道子　ラストメッセージ
花の億土へ
未来はあるかどうかはわからないけれども、
希望ならばある。
文明の解体と創成が、
いま生まれつつある瞬間ではないか。
金大偉 監督作品
出演：石牟礼道子
プロデューサー：藤原良雄
構成協力：能澤壽彦
ナレーション：米山実
題字：石牟礼道子
監督・構成・撮影・編集・音楽：金大偉
回2013 年度作品／カラー／ 113 分／ STEREO ／ハイビジョン／日本
制作 藤原書店
◉上映予定は藤原書店までお問い合せ下さい